ULTREIA

Santiago ruft mich

Wie ich lernte, Gott zu vertrauen

Anja Dupré

Impressum

Bibliografische Information der Deutschen Nationalbibliothek:

Die Deutsche Nationalbibliothek verzeichnet diese Publikation in der Deutschen Nationalbibliografie; detaillierte bibliografische Daten sind im Internet über http://dnb.dnb.de abrufbar.

Umschlaggestaltung und Layout:
    Michael Kenkel

Fotos:
    Anja Dupré, Rafael Cazorla, Michael Kenkel, Christian Lenz, 1200pilgrims, Pixabay, Einzelnachweis siehe S. 263

Karten:
    mit freundlicher Genehmigung von Gronze.com

Herstellung und Verlag:
    BoD - Books on Demand, Norderstedt

ISBN:
    978-3-7519-9533-7

Geleitwort

Für 1989 hatte Papst Johannes Paul II. zu einem Weltjugendtag nach Santiago de Compostela eingeladen. Dabei hat er gebeten, diese Wallfahrt aus dem 9. Jahrhundert zum Grab des Apostels Jakobus wieder zu beleben. 1985 gab es nur 690 registrierte Pilger, 1990 waren es schon rund 5.000, 1992 10.000, 1995 20.000, 1998 30.000, 2001 60.000, 2006 100.000, 2012 192.488 - in diesem Jahr war ich dann auch dabei. Zuvor habe ich mehrere Jahre gebraucht, um ein paar Jugendliche dafür zu begeistern, von der eigenen Haustür loszulaufen, um nach 2.500 Kilometern Santiago zu erreichen. 2001 hatte ich 17 Verrückte gefunden - jedes Jahr kamen neue dazu, sind eine Woche lang weitergelaufen auf dem Pilgerweg quer durch Nordwestdeutschland, die Niederlande, Belgien, Frankreich und Spanien. 2012 sind wir mit 49 Pilgern angekommen, unter anderem mit Anja Dupré.

Für mich war das Pilgern in dieser Zeit der Höhepunkt des Jahres: mit jungen Menschen über Gott und die Welt ins Gespräch zu kommen, gemeinsam zu leiden, zu lachen, zu beten. Es sind Freundschaften fürs Leben entstanden.

Anja geht diesen Weg 2017 noch einmal. Und sie geht diesen Weg mit Gott, bzw. Gott geht diesen Weg mit ihr. An vielen Stellen des Weges wird Gott sichtbar: für Anja, aber auch für viele Situationen in Ihrem - des Lesers - Leben.

Viel Freude beim Mitgehen mit Anja und den vielen Pilgern, denen Sie in diesem Buch begegnen werden.

Michael Kenkel

Vorwort

Sie spielen vielleicht mit dem Gedanken, einmal selbst den Camino Francés zu gehen? Es wäre mir eine große Freude, wenn dieses Buch dazu beitragen könnte, sich auf den Weg zu machen. Wer weiß, vielleicht wird das Lesen eine erste Antwort, dass Santiago auch Sie ruft?! Sollten Sie zwischenzeitlich ein Kribbeln in den Füßen verspüren und Lust bekommen, sofort den Rucksack zu packen, die Schuhe zu schnüren und loszugehen, dann dürfte das ein eindeutiges Zeichen dafür sein.

Für all jene, die den Weg bereits selbst gegangen sind, würde es mich freuen, wenn durch meine Erzählungen die Erinnerungen daran aufgefrischt und eigene Erfahrungen, Erlebnisse, Begegnungen und Bilder wieder lebendig werden können.

Anja Dupré

13	1.	erste Schritte
23	2.	Schatten
31	3.	Füße
41	4.	Stimmung
47	5.	Vater
55	6.	Neuanfang
69	7.	Zeit
75	8.	Aufbruch
83	9.	Erwartungen
91	10.	Zufälle
103	11.	öffnen
111	12.	magisch
125	13.	frei
135	14.	Selbstbestimmung
145	15.	meine Zeit
159	16.	Niemand
175	17.	Schöpfer
183	18.	Begleiter
191	19.	geweint
203	20.	Freunde
223	21.	Kathedrale
229	22.	Completo
235	23.	Ende

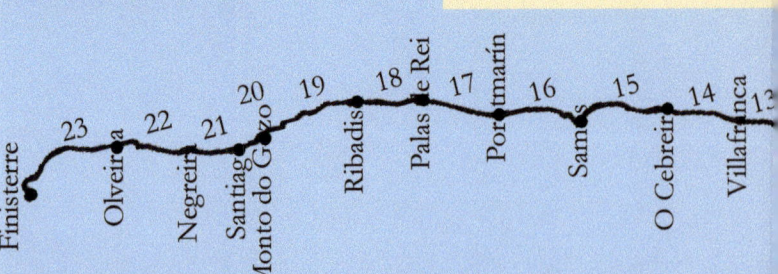

INHALT

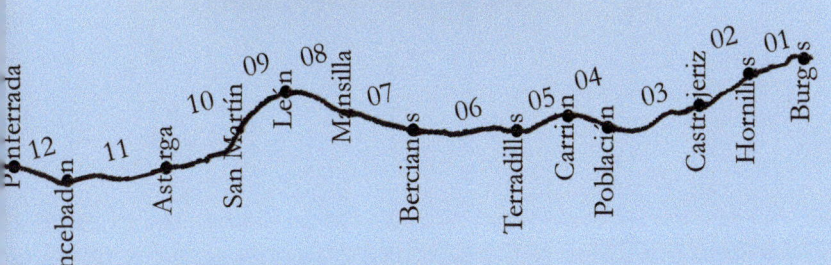

12 Ponterrada
11 Foncebadón
Astorga
10
09 San Martín
08 León
Mansilla
07
Bercianos
06 Terradillos
05 Carrión
04 Población
03
Castrojeriz
02 Hornillos
01 Burgos

Dieses Buch widme ich

- Ralph und Louis,

- Rafael, stellvertretend für meine Camino-Familie,

- allen Pilgern, denen ich unterwegs begegnet bin, ob sie hier namentlich erwähnt werden oder nicht.

01

Den ersten Schritt machen

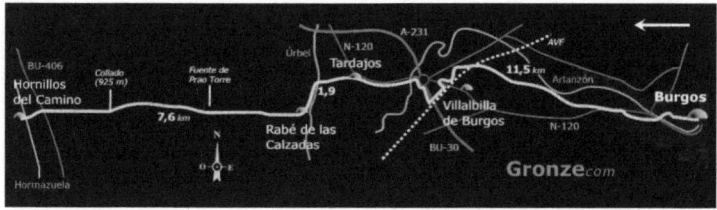

Den ersten Schritt machen

„Auf geht's - Santiago ruft mich" sagte ich lächelnd zu mir selbst, während ich die Tür hinter mir zuzog und zum Taxi lief, das mich zum Flughafen bringen sollte. Doch so hatte ich es mir nicht vorgestellt. Fast ein ganzes Jahr hatte ich diesen Tag herbeigesehnt, an dem ich endlich wieder auf dem Camino sein konnte. Im vergangenen Sommer hatten wir die letzten Kilometer ab Villafria mit dem Bus zurückgelegt, weil der Weg nur an der vielbefahrenen Hauptstraße entlangging und wir den letzten Tag in Burgos noch mit einigen Besichtigungen verbringen wollten. Nun war der langersehnte Tag endlich da. Als das Flugzeug in Bilbao landete, war von spanischer Sonne nichts zu sehen, stattdessen grauer Himmel und kühle 20 Grad. Etwa drei Stunden Zeit hatten wir, bis unser Bus nach Burgos abfuhr. Wir entschieden uns zu einem kleinen Spaziergang auf der Suche nach einer Bar oder einem Restaurant für den ersten spanischen Café con leche und eine Kleinigkeit zu Essen. Tapas gehen immer! Wir fanden ein nettes Plätzchen, mussten allerdings Schutz unter einem großen Sonnenschirm suchen, weil es mittlerweile angefangen hatte zu regnen. „Na toll" dachte ich im Stillen „das Wetter ist ja noch schlechter als zu Hause". Ich war froh, als

Na toll - das Wetter ist ja noch schlechter als zu Hause!

die Zeit endlich soweit war und wir zurück zum Busbahnhof aufbrechen konnten. Zwei Stunden Fahrt erwarteten uns noch. Ich fühlte mich wie ein Tourist, der einzige Unterschied war mein Rucksack.

TAPAS

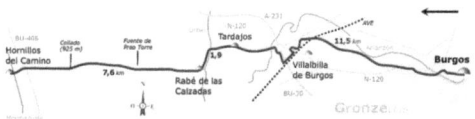

KATHEDRALE VON BURGOS

Das trübe Wetter war in Bilbao geblieben. Als wir ⇨ Burgos am späten Nachmittag erreichten, strahlte die Sonne und hatte die Luft auf sommerliche 30 Grad erwärmt. Schon als der Bus auf den letzten Metern zum Busbahnhof war, fühlte es sich wie ein Déjavu an. Als ich nun aus dem Bus stieg, war es nicht einfach wieder da sein, wo ich im letzten Jahr aufgehört hatte, es fühlte sich einen Moment an wie nach Hause kommen, endlich hatte der Camino mich wieder und ich ihn. Es war als wäre ich nie weg gewesen. Genau wie damals kamen wir mit dem Bus an, für die erste Nacht hatte ich uns im Hotel des vergangenen Jahres eingebucht. Ein luxuriöses Vier-Sterne-Hotel zum Schnäppchenpreis.

Im vergangenen Jahr wollten wir die letzte Nacht in einem Hostel verbringen, um unabhängiger zu sein, da die Herbergen meist zwischen 22 und 23 Uhr schließen. Wir hatten zwei Frauen kennengelernt und beschlossen, den letzten Abend gemeinsam zu verbringen. Die beiden – Mutter und Tochter, hatten ein Hostel ausgewählt, aber als ich parallel in einem Buchungsportal danach gesucht hatte, war nur noch ein Zimmer frei. Aus verschiedenen Gründen überließ ich damals den beiden dieses letzte Zimmer und wurde kurz darauf

---

Ich überließ den beiden das letzte Zimmer
und wurde kurz darauf mit einem Vier-Sterne-Hotel belohnt

---

anderweitig fündig: eben in diesem Vier-Sterne-Hotel, der Preis für ein Doppelzimmer war identisch mit dem Hostel. Man kann darüber verschiedener Meinung sein, ob nun ein Luxushotel

eine angemessene Pilgerunterkunft ist, dennoch freuten wir uns, eine Unterkunft gefunden zu haben und die beiden Anderen freuten sich mit. Ich habe allerdings darauf verzichtet, mir einen Stempel in meinem Pilgerausweis geben zu lassen.

In diesem herrlichen Hotel in bester Lage (50m vom Busbahnhof und 300m von der Kathedrale entfernt) fand ich auch für unsere erste Nacht in diesem Jahr ein preiswertes Zimmer. Es war sauber, hatte ausreichend Platz, Fernsehen, Telefon, W-LAN, Fön, Klimaanlage, Minibar, sogar an einer Karte, in der man verschiedene Kopfkissen nach Format, Härtegrad und Füllung auswählen konnte, fehlte es nicht; die Toilette war mit Folie („desinfiziert") abgedeckt, Seifen, Duschgels, Kamm ...kurzum alles was das Herz begehrt. Doch ist diese Form von Luxus wirklich das, was das Herz braucht? Sind es diese vielen Annehmlichkeiten, die glücklich machen?

Sind es diese Annehmlichkeiten, die glücklich machen?

Hätte mich später jemand gefragt, ob ich die Dinge wirklich alle brauche, hätte ich wahrscheinlich geantwortet, dass man sie zwar nicht alle benötigt (schließlich hatte ich ja schon mein Gepäck auf das Nötigste reduziert und bei jedem Teil abgewägt, ob es erforderlich ist), ich aber auch nichts dagegen habe, wenn sie vorhanden sind. Für mich waren diese materiellen Dinge Luxus, über dessen Vorhandensein ich mich gefreut, aber ich nichts davon in Anspruch genommen hatte.

Endlich bin ich nun hier. Und es geht mir gut. Heute Morgen sind wir um 6:42 Uhr gestartet; ⇨ Rabé de las Calzadas hatten wir nach einer Frühstückspause um 10 Uhr erreicht. Der Weg ist sehr eintönig – kleine Hügelchen und abgemähte Felder. Oftmals sieht man längere Zeit keinen Ort, sondern

RABÉ DE LAS CALZADAS

17

BEI RABÉ DE LAS CALZADAS

nur die Pilger vor einem. Dennoch lief es sich gut. Mein Rucksack umarmt mich wie ein kleines Kind, das sich darüber freut, auf

---

Mein Rucksack umarmt mich wie ein kleines Kind

Mamas Rücken die Welt entdecken zu können, und meine Füße tragen mich geduldig – Gott wohl noch ein Vielfaches mehr. So darf es gern bleiben.

Ein paar Wochen hatte Dori überlegt, einfach mal eine neue Erfahrung zu machen und einen Teil ohne mich zu gehen. Lange hatten wir immer wieder über ihre Ängste gesprochen. Was ist, wenn ich den Weg nicht finde, oder die Leute nicht verstehe, kein Bett zum Schlafen finde, nicht allein sein kann? Ihre Fragen konnte ich gut nachvollziehen, teilweise waren es auch meine Ängste. Ein bisschen Bauchgrummeln vor dem Ungewissen blieb auch bei mir. Viele Stunden hatten wir genau über diese Fragen gesprochen. Immer wieder musste ich dabei die einzelnen Punkten für mich überdenken und es half mir letztendlich, mit meinen Ängsten besser umzugehen und selbst den Mut zu haben, allein weiterzugehen. Ich hätte ihr sehr die Erfahrung gewünscht, etwas Neues zu wagen, sich zu trauen. Dennoch hatte ich in unseren Gesprächen nichts schön geredet.

Diese Angst und Unsicherheit geht nicht weg, da kann ich das absolute Rundum-Sorglos-Paket haben, *ich muss mich trauen, den ersten Schritt zu tun.* „Danach gibt Dir der Camino was Du brauchst" hatte ich ihr in einem Telefonat gesagt - das sei ja voll weise von mir. Erstmal ist das nicht von mir und dann glaube ich, dass Gott einem die richtigen Menschen zur Seite stellt und es so fügt, wie es gut für einen ist. Ich war so begeistert von meinen Gedanken, bisschen war es, als wenn ich mir das erzähle, ich

habe mich im Flur vor den Spiegel gestellt und mich angeschaut. Dass Gott es fügt, glaubt sie auch und ist auch immer noch davon überzeugt, dass es ihr gut tun würde. Danach hörte sie

Ich glaube, dass Gott einem die richtigen Menschen zur Seite stellt

eine Weile einfach nur noch zu - ja toll und ich mir selbst auch. Bin halt bisschen ver-rückt. Es gibt kein „ich habe es nicht geschafft", egal wie man es macht, man geht als Gewinner hervor. Nicht im Sinne von „Erster". Macht man so eine Erfahrung, wie ich sie 2015 gemacht habe, dann ist man gestärkt, dann ist da „tschaka, ich hab´s geschafft", die ein oder andere Sorge war überflüssig, aber das wusste ich vorher nicht. Nun bin ich um eine Erfahrung reicher und sie war gut. Und selbst wenn sie in Spanien feststellt, ich möchte es doch lieber nicht versuchen oder mache es nur eine Etappe, dann hat sie eine Entscheidung getroffen, sich um sich selbst gekümmert und ist sorgsam mit sich umgegangen. Für sich selbst klar zu haben, was geht oder eben nicht, seine eigenen Grenzen beachten, zu schauen, was brauche ich, was tut mit gut und was kann ich tun, dass es mir wieder gut geht, wenn es nicht läuft...das bedeutet sein Leben im Griff zu haben. Nicht alles alleine regeln zu müssen, sondern darauf vertrauen (können), dass Gott stets bei mir ist und meinen Weg schon längst kennt, ehe ich überhaupt einen Gedanken daran verschwendet habe. Das darf man sich ruhig mal vor Augen führen. Es gibt nichts zu verlieren, überhaupt gar nichts. Manchmal muss man einfach nur den ersten Schritt tun, der darf unsicher und wackelig sein, nicht nur im übertragenen Sinne, jeder Mensch macht seinen ersten Schritt überhaupt wackelig und unsicher, so lernen wir laufen. Ich habe da meinen kleinen Sohn vor Augen, ewig lange suchte er die schützende Hand, die ihn festhält, aber auch er hat irgendwann seine Angst losgelassen und zaghaft die ersten Schritte gemacht. Ich kann für viel Sicherheit sorgen, ja, das habe ich auch gemacht, ich habe

ein Netz, das mich auffängt. „Ja genau, wenn was ist kannst Du deinen Mann anrufen". „Aber das kannst Du auch, wir können telefonieren, Du kannst Deine Kinder anrufen, eine Freundin, völlig egal." „Aber die sind in Deutschland". Es kommt doch gar nicht immer darauf an, wo man jemanden erreicht. Manchmal hilft es doch auch einfach, mal einen Moment zu reden und ich möchte sogar die These aufstellen, dass das Thema nur eine untergeordnete Rolle spielt. Erstmal ist man in seiner Situation nicht mehr allein und darauf kommt es an. Die Erfahrung habe ich immer wieder gemacht, wenn es mir nicht gut ging. Wenn dann jemand da war, der sich einfach eine Weile mit mir unterhalten hat, half es schon.

Den ersten Schritt machen - zaghaft und wackelig, so lernen wir laufen. Nicht nur als Baby, sondern unser ganzes Leben lang. Weil da eine Hand ist, die bereit ist, uns sofort festzuhalten oder aufzufangen, wenn es nötig ist. Was eine schöne Vorstellung.

Da ist eine Hand, die bereit ist uns sofort festzuhalten -
was eine schöne Vorstellung

HORNILLOS

Dori hat sich nicht getraut und ist den Weg nach ⇨ Hornillos ebenfalls gelaufen. Ihre Ängste waren zu groß, und ich konnte sie ihr am Ende auch nicht nehmen. Sie hat schwer zu tragen: an sich und an ihrem Gepäck. Schauen wir, wie es weitergeht.

Unsere erste richtige Pilgerherberge ist schön. Und versprüht auch auf ihre Art einen Hauch von Luxus. Gestärkt mit einem frischen, kühlen Stück Wassermelone beziehen wir unser Quartier. Ein Sechs-Bett-Zimmer im ersten Stock mit Blick auf den kleinen Garten, Wiesen und Felder.

Noch sind keine anderen Pilger hier, die Betten dürfen frei gewählt werden und so schlafen wir beide unten. Frisch geduscht mache ich mich auf den Weg in den Garten. Hier gibt es auch einen Waschplatz und Liegestühle zum Chillen. Nach der großen Wäsche setze ich mich auf die Terrasse und fange an zu schreiben. Zu Hause mag ich kein Tagebuch schreiben, doch hier habe ich das Bedürfnis, meine Gedanken, die mir auf dem Weg kommen, festzuhalten. Die Sonne und die Wärme tun mir gut, der Hospitalero schaltet leise Musik ein und stellt ein paar Schälchen mit Nüssen zum Knabbern bereit. So lässt es sich wirklich sehr gut aushalten.

Ich sitze im Schatten und das ist gut, denn er bewahrt mich vor den brennenden Strahlen der Sommersonne. Doch Schatten oder auf der Schattenseite sitzen, kann noch eine viel tiefgreifendere Bedeutung haben. Es ist die Stelle der Seele, die nicht vom Licht erfüllt ist. Um einen Schatten überhaupt sehen zu können, bedarf es einer Lichtquelle, ohne Licht ist Dunkelheit und schwarze Nacht. Ich finde das eine wichtige Erkenntnis. Erst wenn es hell um mich herum ist, kann ein Schatten sichtbar werden. Ich glaube, dass jeder Mensch seine eigene Definition von Schatten hat. Vielleicht die Freundschaft, die nach langer

---

Erst wenn es hell ist, kann ein Schatten sichtbar werden.
Jeder Mensch hat seinen eigenen Schatten:

Zeit eingeschlafen ist, Verlust der Arbeit, Tod eines lieben Angehörigen, die Ehe, die zerbrochen ist, Schuld, die man auf sich geladen hat, Streit in der Familie oder mit den Kindern, Hass, Wut, Trauer, Krankheit, Armut, Gewalt, Missbrauch, Unrecht, das mir widerfahren ist, unerfüllte Hoffnungen, Träume und Sehnsüchte. Die Palette ist lang und ganz individuell. Schatten – manchmal auch nur für mich selbst sichtbar.

Beim Laufen heute stolperte ich über meinen eigenen Schatten. Groß baute er sich vor meinen Füßen auf und ging in meinem Tempo mit. Die Sonne erhellte meinen Tag, und dadurch konnte ich meinen Schatten überhaupt erst sehen. Wenn ich meinen Blick nach unten senke, kann ich ihn anschauen. Es gibt (fast) keinen Grund, mit gesenktem Kopf durch Spanien zu laufen, außer vielleicht die fiesen Steinchen, die sich einem gern in den Weg legen und zur Stolperfalle werden können; ich freue mich hier zu sein und den Weg gehen zu können. Ich darf auch einfach mal nach oben, rechts und links schauen – die Welt ist schön!

Wir schließen den ersten Tag mit einem leckeren Abendessen ab. Es gibt Paella, Salat, Brot und zum Nachtisch Zitronencreme. Wir essen gemeinsam mit einer Gruppe Franzosen und zwei Schweizern, die ebenfalls hier Halt gemacht haben. Unser Zimmer haben wir dennoch für uns ganz allein – also quasi ein Doppelzimmer, auch das ist Luxus.

02

Sonne erhellt meine Schatten

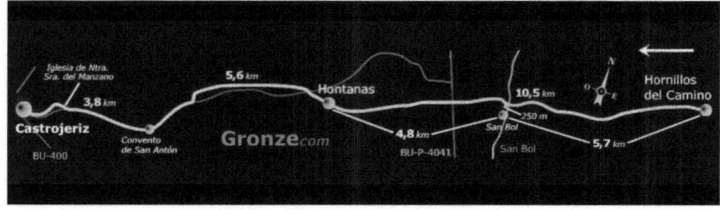

Sonne erhellt meine Schatten

Der Morgen bringt uns eine Überraschung. Als wir den Aufenthaltsraum betreten, strömt uns der Duft von frischem Kaffee entgegen und uns erwartet ein reich gedeckter Frühstückstisch. Es gibt frisches Brot, Butter, verschiedene Marmeladen, Müsli, Saft, Milch und Kuchen. Leider sind wir nicht allein, denn eine Großfamilie spanischer Ameisen hat sich bereits über alles, was nicht in Folie eingepackt ist, hergemacht und bevölkert unser Buffet. Wir genießen dennoch eine große Tasse Milchkaffee, essen einen der kleinen, verpackten Kuchen und verlassen dann leise das Haus.

Weit kommen wir nicht, denn nach wenigen hundert Metern auf dem Jakobsweg bitte ich Dori, einen Moment mit mir anzuhalten. Meine Uhr verrät, dass in weniger als zehn Minuten die Sonne aufgehen wird. Also legen wir unsere erste Pause ein und blicken zurück. Ich liebe es, dem Spiel der Sonne zuzusehen, wie sie sich am Horizont langsam hinauf tastet, die Welt um sich

---

Ich liebe es dem Spiel der Sonne zuzusehen,
um den Tag erwachen zu lassen

---

herum in ein leuchtendes orange-rot verwandelt, um schließlich den Tag erwachen zu lassen. Unzählige Male habe ich in den vergangenen Jahren diesem Schauspiel zugesehen und es in zahlreichen Fotos festgehalten. An diesem Morgen wird mir allerdings zum ersten Mal bewusst, dass man stehen bleiben und sich umdrehen muss, um den Sonnenaufgang zu sehen. Wie oft habe ich mich umgedreht, wie oft habe ich zurückgeschaut? In den letzten Jahren habe ich ganz oft zurückgeschaut, habe mich mit meiner Kindheit, Jugendzeit, ja mit meiner Vergangenheit, meinem Leben auseinandergesetzt. *Meine Schatten habe ich analysiert, und manchmal hatte ich auch das Gefühl, in völliger Dunkelheit zu*

leben, auch wenn die Sonne den Tag hell machte. Für mich war es grau und dunkel, Dämmerung und Nacht. Wenn Depressionen über mich hereinbrachen, dann gab es keine Farben mehr in der Welt, dann bestimmte grau und schwarz mit allen Nuancen mein Bild, drehten sich meine Gedanken im Kreis und ich kam mir vor wie in einem Hamsterrad. Wie sehr habe ich mir manchmal gewünscht, den Sonnenaufgang zu sehen, und ihn nicht erkannt?

SONNENAUFGANG ERKANNT

Die Sonne hat es mittlerweile geschafft und ein großer feuriger Ball erstrahlt in weiter Ferne. Einen Moment bleiben wir noch stehen und schauen gebannt diesem Naturschauspiel zu. In alter Gewohnheit halte ich diesen schönen Augenblick in einigen Fotos fest. Es sind letzte Abschiedsbilder, denn unbewusst habe ich mich entschieden, für den Rest des Weges mei-

Ich habe mich entschieden, meinen Fokus nach vorne zu lenken

nen Fokus nach vorne zu lenken und den Weg zu gehen, ohne mich permanent umdrehen und Zurückliegendes anschauen zu müssen. Der Anblick der Sonne mit ihrem hellen Licht erfüllt

mich mit großer Freude. Ich verabschiede mich von meiner alten Gewohnheit, lasse sie los und mache mich bereit für den neuen Weg.

Die Landschaft bleibt an diesem Tag sehr eintönig. Der Weg führt uns über weite Strecken vorbei an abgemähten Korn-und vertrockneten Sonnenblumenfeldern. Nach 11 Kilometern erreichen wir ⇨ Hontanas und nutzen die erste Bar für eine ausgiebige Frühstückspause. Café con leche geht einfach immer und auch das Bocadillo schmeckt sehr lecker. Die Portion ist groß, eine Hälfte esse ich direkt und verpacke mir den anderen Teil für später.

HONTANAS

Am Ortsausgang treffen wir auf die beiden Schweizer, die wir bereits in der letzten Herberge kennengelernt haben, Christoph und Lukas. Sie bewundern das öffentliche Freibad, das zum Sonnenbaden und Schwimmen einlädt. Die Einladung nehmen wir nicht an, aber gehen den Weg nun zu viert weiter. Kurz vor Castrojeriz passieren wir die Ruinen des ⇨ Kloster San Antón. Wir machen ein paar Fotos und sehen uns im Innenhof um. Früher einmal gab es hier einen Orden, der sich um Pilger kümmerte, die an Lepra litten. Heute gibt es hier eine ganz schlichte und einfache Herberge. Die sanitären Anlagen befinden sich in Containern im Hof. Ich habe keine hohen Ansprüche an eine Unterkunft und es muss kein Vier-Sterne-Hotel sein, doch möchte ich lieber noch etwas zivilisierter übernachten. Bescheidenheit liegt mir zu

KLOSTER SAN ANTÓN

CASTROJERIZ

dem Zeitpunkt nicht gut. Wir beraten uns einen Moment und beschließen dann, den Weg bis ⇨ Castrojeriz weiterzugehen.

Dort angekommen finden wir eine Albergue, die mir mehr zusagt. Sie befindet sich in einem alten, aber renovierten Steinhaus. Sie ist sauber und hat einen angenehmen Außenbereich. Es ist eine kleine Wellnessoase. Wenn man ein paar Stufen hinauf geht, gelangt man zu einem kleinen, nett angelegten Garten, der über eine Wiese, viele Blumen und einen Fußpool verfügt.

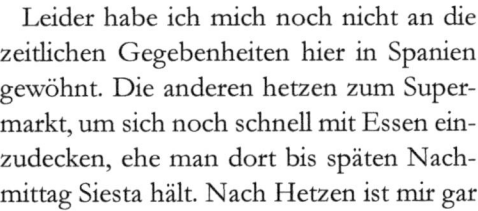

Leider habe ich mich noch nicht an die zeitlichen Gegebenheiten hier in Spanien gewöhnt. Die anderen hetzen zum Supermarkt, um sich noch schnell mit Essen einzudecken, ehe man dort bis späten Nachmittag Siesta hält. Nach Hetzen ist mir gar nicht und so setzte ich mich in den Garten und esse den Rest meines Frühstücks. Als wir abends endlich zum gemeinsamen Essen am Tisch sitzen, bin ich völlig ausgehungert. Ich muss mich beherrschen, dass ich nicht alles auf einmal in mich hineinschlinge.

Serviert wird unter einer alten Weinpresse. Nach dem Essen erklärt uns der Hausherr in einem lustig, heiteren Vortrag, wie hier früher die Trauben gepresst wurden. Anschließend lädt er uns ein, seinen Weinkeller zu besuchen und Wein zu probieren. Wir machen uns auf den Weg hinab in den Keller. Bisschen gruselig finde ich es schon. Die moderne Holztreppe geht in schmale, alte Steinstufen über, die schließlich vor einer massiven, schweren Holztür enden, die mich an einen Kerker erinnert. Dahinter verbirgt sich ein Gewölbe, in dem alte Weinfässer und -flaschen aus den vergangenen Zeiten lagern. Wir zünden

eine Kerze an und der Mann erklärt uns, dass der Sauerstoff verbraucht ist, wenn das Licht der Kerze erlischt und wir dann sofort nach oben gehen müssen. Anschließend erzählt er uns aus den vergangenen Zeiten, z.b. dass die Region einst allein vom Weinanbau leben konnte und in welcher Weise die Kellergänge die Häuser des Ortes unterirdisch verband. Heute handelt es sich um einen abgeschlossenen Teil, zwei Räume. Er lädt uns ein, den zweiten Raum zu betreten. Er hat lediglich einen Ein- und gleichzeitig Ausgang, der zu dem sehr schmal und niedrig ist. Mir ist das alles zu eng und zu gedrängt. Ich merke, wie langsam wieder die Angst in mir hochsteigt, hier gefangen zu sein. Ich wechsle instinktiv meine Position, so dass der Weg nach oben für mich frei zugänglich ist. Alle anderen gehen in den kleinen Raum, ich schaue einmal kurz hinein, aber dann nimmt meine Angst überhand. Ich werde nicht raus können, ich werde dort gefangen sein, wenn sich jemand vor die Öffnung stellt, werde ich nicht mehr nach draußen gehen können. Ich beschließe, auf der sicheren Seite stehen zu bleiben. Später erzählt der Mann, dass der kleine Torbogen in früheren Zeiten bewusst so klein und eng gehalten wurde, damit immer nur ein Feind hindurch passte und eine Verteidigung dadurch erheblich erleichtert war.

29

03

Meine Füße tragen mich alleine

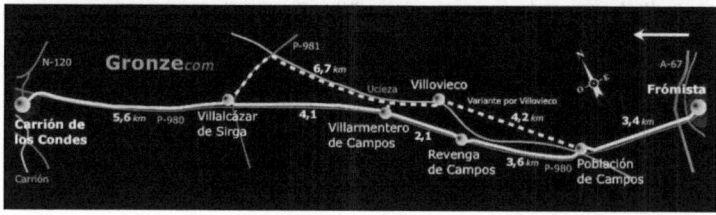

Meine Füße tragen mich wie alleine

Ich kann mich nicht darauf einlassen, einfach spontan zu laufen. Ich möchte wissen, wo ich am nächsten Tag übernachte, was mich erwartet und es ist mir wichtig, dass die Herberge zumindest auf den ersten Blick einen guten Eindruck macht. Aus diesem Grund haben wir für heute Betten in einer schnuckeligen Herberge reserviert. Dort gibt es nur 10 Betten, ich möchte nicht zu spät dran sein und hätte gern wenigstens einen Hauch von Luxus. Wir werden dafür 29 Kilometer laufen müssen. In einem sozialen Netzwerk habe ich von der Herberge gelesen. Sie soll ganz neu sein und man wird viel Privatsphäre haben. Der Preis ist angemessen und die Kritiken gut. Da möchte ich hin, wenn so viele davon schwärmen. Warum zweitklassig schlafen, wenn es auch besser geht?

Als wir an diesem Morgen die Herberge verlassen, ist es kühl und Nebel hat sich auf die Felder gelegt. Kurz hinter Castrojeriz erwartet uns der einzige Berg in der Meseta. Wir sind bereits vor Sonnenaufgang losgelaufen und erreichen in der Morgendämmerung den Fuß des Berges. Schon von weitem kann man Pilger auf den Weg hinauf erkennen. Wie kleine Ameisen schieben sie sich über den geschlängelten Weg. Ich mag es nicht sehr, bergauf zu gehen, weil ich es so schrecklich anstrengend finde. Aber es handelt sich hier um eine überschaubar kurze Anhöhe. Seit ich die Pyrenäen-Überquerung geschafft habe, hat sich meine Einstellung zu Bergen ein wenig geändert. „Berge sind nur in deinem Kopf" - kommt mir immer wieder in den Sinn. Ob

---

„Berge sind nur in deinem Kopf" - anstrengend ist es trotzdem

---

nun Hügel oder Berg, anstrengend ist es trotzdem in diesem Moment. Ein paar Mal bleibe ich allerdings stehen, um die herrliche Aussicht zu genießen. Der Blick ins teilweise vom Nebel

eingehüllte Tal ist gewaltig. Hier wird Gottes Schöpfung von einer besonders schönen Seite sichtbar.

KURZ HINTER CASTROJERIZ

Hier wird Gott von einer besonders schönen Seite sichtbar

SONNENAUFGANG IN DER MESETA

Als wir oben angekommen sind, verweilen wir erneut einen Moment. Die Sonne ist mittlerweile aufgegangen und startet einige Versuche, den Nebel zu durchbrechen. Der Weg ist leicht. Ein Stück führt er noch eben über den Berg, bevor es wieder hinab geht. Bei schönen Wetter wird man hier eine herrliche Aussicht genießen können, uns bleibt nur eine kurze Sicht. Sonnenblumenfelder bestimmen die Landschaft, die aber noch in eine trübe Stimmung getaucht ist. Vorbei an der kleinen Kirche San Nicolás erreichen wir irgendwann ⇨ Itero de la Vega, dessen erste Bar uns für eine Frühstückspause angenehm erscheint. Etwas mehr als ein

BRÜCKE HINTER SAN NICOLÁS

Drittel unserer heutigen Etappe ist bereits geschafft. Wir ruhen uns aus, genießen den Café con leche und wieder ein Bocadillo, mit Käse und Schinken, eine Hälfte für sofort, eine für später. Der Nebel hat sich inzwischen verzogen, die Sonne strahlt und es ist ein angenehmer Sommermorgen. Ich bin glücklich und freue mich, hier sein zu können.

AM WEGESRAND

Ich bin glücklich und freue mich, hier sein zu können

Der nun folgende Abschnitt führt uns gnadenlos durch die Meseta. Die Sonne steigt immer höher und lässt ihre Strahlen mit voller Kraft auf uns herab scheinen. Es ist sehr heiß. Schattenspendende Bäume sucht man hier vergeblich. Ich bin sehr überrascht, dass es noch grüne Felder gibt. Sie werden an verschiedenen Stellen von Wassersprengern berieselt, sonst wäre hier ein Wachstum wohl auch nicht möglich. Manchmal treffen die Wasserstrahlen für einen kurzen Augenblick den Weg. Ge-

duldig bleiben wir einen Moment stehen, um eine klitzekleine Abkühlung zu bekommen. Die Sonne brennt auf den Kopf. Mir fällt mein Buff ein, ein Multifunktionstuch, den ich in meinem Rucksack mit mir trage. Man könnte ihn zu einer Mütze formen, dann wäre mein Kopf zumindest ein wenig vor der Hitze geschützt. Meine Sonnenbrille habe ich längst aufgesetzt, weil es so unglaublich hell ist. Mit Wasser könnte ich das Tuch tränken und mir so zusätzlich etwas Abkühlung verschaffen. Ich gehe einfach weiter. Aber es fällt mir schwerer, weil es so heiß ist. Wie sieht es denn aus, wenn ich eine Mütze auf dem Kopf habe? Mützen gehören nicht gerade zu den Accessoires, die mir stehen. Wer sieht es hier eigentlich? Und kommt es darauf an, gut auszusehen oder sich eher vor den Gewalten der Natur zu schützen? 20 Minuten trage ich den inneren Kampf in meinem Kopf aus, es ist wie Engelchen und Teufelchen, die auf meinen Schultern sitzend abwechselnd in meine Ohren flüstern: Tue es, es ist so heiß, du bekommst einen Sonnenstich, du musst dich schützen, nur das ist wichtig! - Nein, tue es auf gar keinen Fall. Überlege 'mal, wie du damit aussiehst. Möchtest du, dass ande-

 Tue es, es ist so heiß - tue es nicht, wie sieht das denn aus?

re das sehen und womöglich über dich lachen? Du hast genug Haare, das reicht, die Kraft der Sonne wird völlig überbewertet! Als ich auf der linken Seite endlich ein Plätzchen entdecke, an dem ich meinen Rucksack gut abstellen kann, ohne befürchten zu müssen, mir direkt kleine blinde Passagiere einzufangen, treffen ich die einzig richtige Entscheidung. Ich krame mein Tuch hervor, nehme meine 300ml Notfallration Wasser, die sich inzwischen schon gut aufgewärmt hat, und tränke es damit. Anschließend verwandle ich den dünnen, nassen Stoffschlauch zu einer schicken Beanie und bedecke meinen Kopf. Sofort merke ich die kühlende Wirkung und stelle mir selbst die Frage, warum ich so lange gezögert habe. Bei knapp 40 Grad ohne Schutz

durch die spanische Mittagssonne zu wandern, grenzt schon an Selbstmord.

Es ist, als wenn ich ein letztes Hindernis beseitigt habe, denn nun werde ich eins mit dem Weg. Wärme und Hitze sind aus meinen Gedanken verschwunden. Mein Rucksack umarmt mich weiter liebevoll und ich gehe Schritt für Schritt durch diese atemberaubende Landschaft. Es ist unglaublich hell und der Blick nach vorne öffnet die Weite. Gelbe, abgemähte Kornfelder bestimmen das Bild. Immer wieder wird es

KÜHLENDE BEANIE

unterbrochen von Sonnenblumen, die ihre Gesichter fröhlich der Sonne entgegenstrecken. *Meine Füße tragen mich wie alleine* über die staubigen Wege, immer in einem einheitlichen Rhythmus, in meinem Tempo, meinem Takt. Ich bin glücklich. So frei und grenzenlos wie die Weite der Meseta ist mein Kopf gerade. Nach einer Weile fällt mir mein Schatten auf und ich fange an, ein wenig darüber nachzudenken. Auch mein innerer Schatten hat verschiedene Gesichter. Und er geht nie ganz weg. Selbst wenn es mir gut geht, wenn ich glücklich durch die Sonne laufe, ein Schatten ist vorhanden und bleibt auch. Der Schatten auf dem Weg wird im Laufe des Tages immer kleiner und verschiebt seine Position, geht zur Seite und der Weg wird wieder hell, doch ganz verschwindet er nie. Ich glaube, so ist es auch auf das Leben übertragbar. Alles hat seine Zeit und so gibt es Momen-

Der Schatten auf dem Weg wird im Laufe des Tages kleiner
alles was das Leben verdunkelt steht zunächst mächtig vor uns

te, Stunden, vielleicht auch Tage oder Jahre, in denen Trauer, Ängste, Wut, Schuld, Krankheit, quasi alles, was das Leben verdunkeln kann, mächtig vor uns steht und das Bild bestimmt. Wir

37

schauen den Schatten an und nehmen ihn in seiner Größe wahr. Aber irgendwann, so ist der Lauf der Zeit, des Lebens, wird er kleiner und rückt ein wenig zur Seite. Dann dürfen wir wieder anfangen, nach rechts und links zu schauen und die Herrlichkeit Gottes Schöpfung entdecken. Die Schönheit der Felder, die strahlenden Sonnenblumen, die Helligkeit, die Farben. Alles was um uns ist, möchte in seiner ganzen Pracht und Schönheit erstrahlen und angeschaut werden. Ein zufriedenes Gefühl legt sich über mein Gemüt und lässt mich dankbar und glücklich den Weg weitergehen.

Alles was um uns ist, möchte in seiner ganzen Pracht angeschaut werden

---

Als wir in dem nächsten Ort eine Pause einlegen, bereue ich, nicht so spontan sein zu können. Gut zwei Drittel unserer geplanten Tagesetappe ist geschafft und hier ist ein Platz, an dem ich am liebsten bleiben würde. Eine Bar gibt es nicht, dafür aber eine wunderbare Herberge. Der Garten ist liebevoll angelegt, grüne Wiesen, bunte Blumen und ein kleiner Pool laden neben der sauberen Terrasse zum Verweilen ein. Man spricht hier deutsch und ist sehr bemüht. Der hausgemachte Kuchen schmeckt vorzüglich. Hier hätte ich gerne eine Nacht verbracht, doch leider muss ich noch etwa neun Kilometer weiter, wo ich mit den Schweizern gemeinsam eine Unterkunft reserviert habe.

KANAL VOR FRÓMISTA

Nachdem die Füße ausgiebig gelüftet wurden, geht es auf das letzte Stück für heute. Der Weg führt nun einige Zeit an einem Kanal vorbei. Die Landschaft ist eine ganz andere als zuvor. Links säumen Maisfelder, rechts der Kanal den Weg. Es ist sehr heiß geworden. Dennoch genieße ich es hier zu Laufen und kann mich an dem Grün gar nicht satt genug sehen. Als

ich die Schleuse in ⇨ Frómista erreiche, warte ich eine Weile, damit ich gemeinsam mit Dori weitergehen kann. Im Zentrum von Frómista halten wir ein letztes Mal, um uns mit einem kühlen Getränk zu erfrischen.

Die letzten drei Kilometer führen an der Straße entlang. Doch es macht mir nichts aus.

Und dann erreichen wir den selbstgewählten Luxus. Die Hacienda in ⇨ Población ist schon ein kleiner Glücksgriff. Die Schweizer erwarten uns bereits. An diesem Tag haben wir jeder eine Einzelkabine, also Privatsphäre, wie wir sie in den letzten Tagen nicht hatten: eigenes Licht, eigene Steckdose, Bettwäsche. Die Küche ist gut eingerichtet und die Benutzung der Waschmaschine kostenlos. Wir nutzen die Gelegenheit, möglichst viele Dinge darin zu waschen.

„LA FINCA" IN POBLACIÓN

Nachdem ich mich darum gekümmert und mich geduscht habe, setzte ich mich gemeinsam mit Lukas in den Garten. Schon am Tag zuvor hatten wir eine tiefgründige Unterhaltung und diese setzen wir nun fort. Es geht um den Weg und welche Gründe man haben kann, ihn zu gehen, über das Ankommen und das Weitergehen. Er erzählt mir, dass er nochmal wiederkommen möchte. Im Moment ist er mit einem Freund in Teiletappen unterwegs, aber irgendwann möchte er allein hierher und dann den Weg ganz gehen, in seinem Tempo und so, wie er sich das vorstellt. Er hat klare Vorstellungen von seiner Zukunft. Seine Partnerin kommt von den Philippinen und in absehbarer Zeit möchte er die Zelte in Europa abbrechen und in ihrer Heimat ein neues Leben beginnen. Ich höre ihm eine ganze Wei-

le zu. Immer wieder habe ich Menschen getroffen, die einfach ihre Träume leben und es fasziniert mich. Alle Sicherheiten über Bord werfen und einfach das tun, was das Herz für das Richtige hält. Da gehört schon Mut zu und es wäre nicht mein Weg. Ich kann es mir nicht vorstellen, einfach alles hinter mir zu lassen und in einem fremden Land, auf einem fremden Kontinent ein neues Leben zu beginnen. Ich stelle mir das sehr schwierig vor,

---

auf einem fremden Kontinent ein neues Leben beginnen
ich stelle mir das schwierig vor

---

selbst wenn man die Sprache kann, so bringt man doch auch ein Stück der Kultur mit, in der man aufgewachsen ist, und nicht alles passt überall hin. Es ist mehr, als sich nur einfach auf einen neuen Wohnort einzulassen, ich denke, dass man sich vielmehr auf ein ganz neues Leben einlassen und offen für die Sitten und Gewohnheiten anderer Kulturen sein muss. Mehr als in einem begrenzten Zeitraum im Urlaub oder beim Familienbesuch. Ob es ihm gelingt, werde ich wohl nie erfahren.

04

Paella gut, Stimmung im Keller

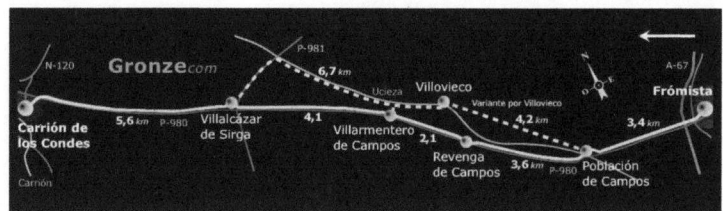

Paella ist gut, die Stimmung im Keller

Nach dem Frühstück geht es heute mal erst um 8 Uhr los, weil eine sehr kurze Etappe vor uns liegt. Wir machen mehrere kurze Pausen und bekommen ein Bett im Kloster, als wir ⇨ Carrión de los Condes erreichen. Leider hat Lukas uns heute mitgeteilt, dass er den Camino hier beenden wird. Er habe sein Ziel erreicht und sieht keinen Sinn mehr darin, noch bis Santiago weiterzulaufen. Offensichtlich ein gut überlegter Entschluss, denn er hat sich bereits nach Bus- und Zugverbindung Richtung Schweiz erkundigt. Eine letzte Stunde, ein gemeinsames Bier, es herrscht eine gelöste Stimmung, dann verabschiedet er sich endgültig und zieht alleine los.

Lukas hat sein Ziel erreicht - er geht nicht weiter

Jeder geht seinen ganz eigenen Weg. Und auch wenn es durchaus eine Überlegung wert wäre, welche Auswirkung so eine Entscheidung vielleicht auch auf die langjährige Freundschaft der beiden Schweizer haben könnte, ist er doch ganz bei sich selbst geblieben. Damals habe ich nicht weiter darüber nachgedacht, was „am Ziel sein" bedeuten könnte, aber ich konnte verstehen, dass er nicht weitergeht, wenn er darin keinen Sinn sieht.

Der Nachmittag in Carrión verläuft etwas chaotisch. Mit zwei anderen Deutschen steht Kochen auf dem Plan. Vier Leute, fünf Vorschläge, schließlich fällt unsere Wahl auf Paella, aus verschiedenen Gründen und nach einiger Diskussion ausschließlich mit Gemüse ohne Fleisch oder Meeresfrüchte. Gemeinsam suchen wir den nächstgelegenen Supermarkt auf und die anschließende halbe Stunde wird für mich zu einer Geduldsprobe. Kaum haben wir den Eingang passiert, strömen alle wild durcheinander und packen den Einkaufswagen voll. Jeder hat dabei das Kochrezept im Hinterkopf und zusätzlich noch seine

ganz eigenen kulinarischen Bedürfnisse. Wollen wir einen Nachtisch? Pudding Schoko oder Vanille, Joghurt natur, griechisch oder mit Früchten, Sahne oder fettarm, normal oder laktosefrei, oder doch lieber Obst, Weintrauben oder Äpfel, Melone (Honig- oder Wasser-) oder Erdbeeren, Schokolade weiß, Vollmilch oder bitter, mit und ohne Nüsse. Was wollen wir eigentlich trinken? Wasser oder Saft, Cola, Fanta, Bier oder Wein, trocken,

halbtrocken oder lieblich, weiß, rot oder rosé, spanisch oder italienisch, teuer oder günstig? Jedes einzelne Produkt wird unter die Lupe genommen und von mindestens drei Personen auf Eignung überprüft. Das ist nicht nur sehr anstrengend, es nimmt mir auch eigentlich die Lust, überhaupt gemeinsam zu kochen. Und so überlasse ich den größten Teil auch später den beiden deutschen Mädels. *Die Paella ist gut, die Stimmung im Keller.*

PAELLA

Am Abend besuchen wir die Pilgermesse, allerdings ohne die beiden. Vor der Messe ist noch Anbetung. Ich setze mich in die Bank und nach einer Weile merke ich, wie meine Gedanken, und damit auch ich selbst, zur Ruhe kommen. Ich bin sehr dankbar, dass ich gerade hier sein darf und es schaffe, den Weg zu gehen. Nach der Messe wird jeder Pilger einzeln gesegnet und erhält einen individuell bemalten Stern.

Die Tage sind sehr gefüllt und ehe ich mich versehe, ist es schon wieder Zeit für die Nachtruhe. Nacheinander machen sich alle bettfertig und krabbeln leise in ihren Schlafsack. Das Licht im Zimmer ist längst gelöscht und nur auf dem Flur scheint noch eine schwache Lampe. Mein Bett befindet sich in der Nähe zur Tür und auch nicht weit weg von dem „Ladezentrum" - eine lange Mehrfachsteckdose, die wiederum um ein paar Adapter ergänzt wurde und an der nun einige Handys über

Nacht geladen werden. Da mein Akku bereits anzeigte, dass er fast voll ist, lege ich mich einfach einen Moment auf mein Bett, um die Zeit abzuwarten. Es ist fast ein wenig unheimlich. Ich komme mir vor wie ein kleines Kind in einem Landschulheim; ringsherum sind Einzelbetten aufgestellt, alle schön geordnet mit dem Kopfteil zur Wand und die Füße im Raum. Wie ich so einfach daliege und nichts weiter tue, als zu beobachten und darüber nachzudenken, dass es wirklich wie in alten Zeiten hier ist, nehme ich plötzlich einen Schatten vor der Tür wahr. Augenblicklich bin ich hellwach und mein Herzschlag wird schneller. Schleicht sich da etwa jemand an? Wer hat hier nachts noch et-

plötzlich einSchatten vor der Tür - mein Herzschlag wird schneller
beim zweiten Hinsehen halte ich die Luft an, um nicht laut zu lachen

was zu suchen? 1000 Gedanken gehen mir durch den Kopf. Ist die Ausgangstür eigentlich abgeschlossen? Womöglich nutzen Diebe die Gunst der Stunde, wenn alle Pilger selig schlafen, um die Wertsachen zu rauben. Ich habe Angst, starre auf die offene Zimmertür und geben keinen Mucks von mir. Das Geräusch kommt näher und der Schatten wird immer größer, Oh mein Gott, sieht das denn niemand? Dann verschwindet er und ich nehme eine Person wahr, die sich genau im Türrahmen platziert. Zunächst stockt mir der Atem vor lauter Angst, aber nach dem zweiten Hinsehen halte ich nur noch die Luft an, um vor Lachen nicht laut loszuprusten. Tatsächlich steht in der Tür eine der Schwestern, die hier in diesem Kloster das Zepter in der Hand haben. Ihr forscher Blick geht über jedes einzelne Bett, ganz offensichtlich kontrolliert sie, dass jeder in seinem Bett und in jedem Bett auch nur eine Person liegt. Ordnung muss sein, wir sind schließlich in einem katholischen Kloster!

05

Außer dem Vater Unser kein Wort verstehen

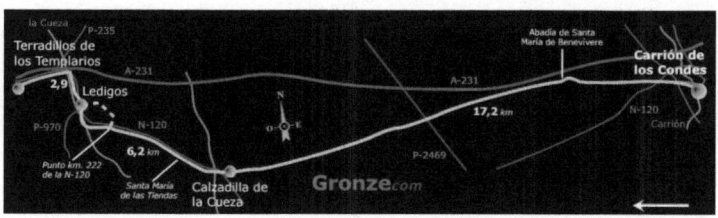

Außer dem Vater Unser kein Wort verstehen

Der nächste Abschnitt war in den letzten Tagen mehrfach Gesprächsthema untereinander. 18 lange Kilometer ohne ein kleines Dorf oder sonst eine Möglichkeit zur Einkehr liegen vor uns und es wird dringend empfohlen, sich vorher mit Verpflegung, aber vor allem mit ausreichend Wasser einzudecken. Es soll sehr öde und eintönig geradeaus gehen und mental gehört dieses Stück angeblich zu den schwierigsten des Weges. Wenn ich mir oft auch zu viele Gedanken über lauter Kleinigkeiten mache, so habe ich vor diesem Teil nun überhaupt keine Angst – weder vor einer möglichen Versorgungslücke noch vor irgendwelchen Gedankenschleifen, die sich bilden könnten.

In der Morgendämmerung geht es los und mit uns machen sich mindestens 100 weitere Pilger auf den Weg. Meist in Zweiergruppen nehmen sie diese „schwierige" Etappe in Angriff. Geteiltes Leid ist eben halbes Leid. Die Landschaft hat tatsächlich nicht viel Abwechslung zu bieten, da-

FRÜH AM MORGEN

Geteiltes Leid ist halbes Leid

für aber umso mehr die Menschen, die auf dieser Pilgerautobahn unterwegs sind. Aus allen Richtungen hört man Gemurmel in den unterschiedlichsten Sprachen, es wird leise gesungen, gelacht. Wer sich vorgenommen hat, dieses Stück zur Selbstfindung zu nutzen und sich endlich mal stundenlang ohne äußere Einflüsse nur mit sich selbst beschäftigen möchte, ist hier definitiv fehl am Platz. Ich empfinde es als

PILGERAUTOBAHN

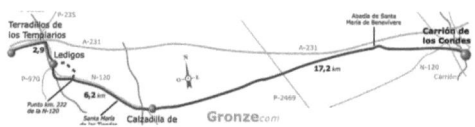

anstrengend, aber nur, weil plötzlich so viele Menschen auf einmal unterwegs sind.

Hin und wieder gibt es sowas wie kleine Rastplätze am Wegesrand, Bänke und Tische, die zum Picknicken einladen. Als wir eine dieser Gelegenheiten nutzen, treffen wir das Ehepaar aus Österreich wieder, das wir bereits einmal in Frómista getroffen hatten. Dem Mann ist leider die Sohle seines neuen Wanderschuhs abgefallen und nun ist er gezwungen, in leichten Turnschuhen weiterzulaufen. Er ärgert sich zwar einen Moment über dieses Dilemma, nimmt es dann aber mit einer gehörigen Portion Humor und geht weiter. Wir schließen uns an und folgen schweigend den vielen bunten Rucksäcken vor uns. Mir wird langweilig und es wird auch nicht dadurch besser, dass ich spätestens im zehn Minuten Rhythmus auf die Uhr schaue. Feld,

---

Wir folgen schweigend den vielen bunten Rucksäcken - mir ist langweilig da taucht plötzlich eine kleine Oase auf

---

Wiese, Büsche, Bäume, vertrocknete Sonnenblumen, Feld, Wiese, Büsche, Bäume. Als ich endlich aufgehört habe, dauernd auf die Uhr zu schauen oder ein System in der Bepflanzung festzustellen, erreichen wir die Halbzeit dieser Etappe. Ich traue meinen Augen kaum, aber auf der rechten Seite taucht eine kleine Oase auf. Aus einem mobilen Verkaufswagen heraus werden frischer Kaffee und Süßigkeiten angeboten, das Highlight ist allerdings der Grillmeister. Auf seinem Rost brutzeln an diesem Morgen zur Frühstückszeit würzige Steaks, kleine Schnitzel und Würstchen. Es riecht verführerisch gut, da ich allerdings ausnahmsweise mal selbst für Proviant gesorgt und wir heute Freitag haben, begnüge ich mich mit einem Café con Leche und suche mir einen Sitzplatz.

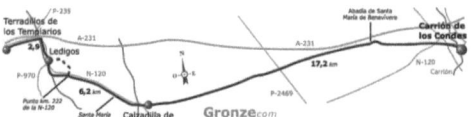

Eine Weile lasse ich meine Blicke einfach so durch die Gegend schweifen und beobachte die vorbeiziehenden Pilger. Es sind wirklich viele Leute heute unterwegs. Als ich an den Nebentisch schaue, entdecke ich ein bekanntes Gesicht. Dort hat es sich der Priester von gestern Abend gemütlich gemacht. Ich hatte gar nicht vermutet, dass er selbst Pilger ist. Wir nicken uns kurz zu, fragen nach dem Wohlbefinden und gönnen unseren Füßen einfach eine Pause.

Nach unserem Aufbruch hat der Weg auch weiter nichts Spannendes zu bieten und so wird mir dieser Teil auch als der Langweiligste überhaupt in Erinnerung bleiben. Bei strahlendem Sonnenschein und nach fast 27 Kilometern erreichen wir in ⇨ Terradillos unser Tagesziel. Es ist eine schlichte Herberge, ein weißes Haus mit einem schön angelegten Garten davor, ein paar Bäumen, die Schatten spenden, vielen kleinen Sitzgruppen und irgendwie bekommt man hier das Gefühl, einfach im Urlaub zu sein. Aus lauter Sorge, am Ende des Tages ohne Bett dazustehen, haben wir (Dori, der Schweizer und ich) gestern drei Bet-

SEI DU SELBST

*eine schlichte Herberge -
ein paar Bäume, die Schatten spenden -
das Gefühl, einfach im Urlaub zu sein*

ten reserviert und bekommen ein Zimmer für uns allein zugeteilt. Es ist ein kühles Zimmer und bietet neben dieser Privatsphäre auch noch einen weiteren Luxus: statt der sonst überall üblichen Doppelstockbetten finden wir hier drei einzelne Betten vor und alle sind mit einer Steckdose ausgestattet.

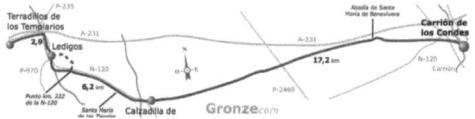

Eine Dreiviertelstunde später sitze ich frisch geduscht, mit nassen Haaren und einer eiskalten Cola im Garten und plaudere ein wenig mit dem Ehepaar aus Österreich, die auch heute hier übernachten werden. Sie sind von diesem Ort genauso begeistert wie ich. Unter einem kleinen Vordach gibt es die Möglichkeit, seine Wäsche mit der Hand zu waschen. Wir beobachten das Treiben und ich sehe wieder den Priester, er steht schon eine ganze Weile vor dem Becken und säubert Stück um Stück. Dem Wäscheberg nach zu urteilen, versorgt er gerade eine pilgernde Großfamilie, wir schmunzeln ein wenig, dann erzählt die Frau, dass er Gabriel heißt und jeden Tag die Wäsche der beiden Jungs und sich selbst mit der Hand wäscht. Die beiden etwa volljährigen Jugendlichen kommen aus der gleichen Stadt wie er, alle drei sind offensichtlich miteinander befreundet und haben sich gemeinsam auf diese Pilgerreise begeben. Weil die beiden Jungs jeden Tag so müde nach dem Laufen sind, gönnt Gabriel ihnen stets ein Mittagsschläfchen, kümmert sich ohne Murren um die Wäsche der drei und schenkt jedem der dazukommt ein freundliches Lächeln oder auch ein paar aufmunternde Worte.

Im Laufe des Nachmittags kommen wir alle ins Gespräch. Jeder hat seinen ganz eigenen Grund und Motivation, diesen Weg zu gehen. Und auch wenn einige es nur als sportliche Herausforderung sehen oder einmal eine Abwechslung zum sonst üblichen Strandurlaub suchen, klingt bei fast jedem mit an, dass sie auch religiöse Gründe haben. Manche sagen, sie seien nicht gläubig und würden zu Hause nie in die Kirche gehen, noch nicht einmal an Ostern oder Weihnachten, aber hier sei es an-

---

Sie gehen zu Hause nie in die Kirche, auch nicht Weihnachten, aber hier sei das anders

---

ders. Obwohl sie teilweise weder mit der Sprache noch mit den Messabläufen vertraut sind, und *außer dem Vater Unser kein einziges Wort verstehen,* scheinen sie hier den Geist zu spüren. Sie erzählen

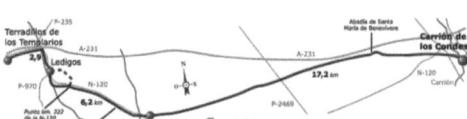

von Ruhe und Frieden, den sie finden, von der Gemeinschaft und dem Miteinander und den besonderen Momenten, wenn sie zum Beispiel einzeln gesegnet werden. Aus diesen Gesprächen heraus wächst die Idee, den Priester anzusprechen und ihn zu bitten, eine Lesung auf deutsch halten zu dürfen, so könnte eine Vielzahl der Mitfeiernden zumindest noch ein kleines Stück mehr sich angesprochen und dazugehörig fühlen. Diesen Gedanken setzen wir direkt um und tragen Gabriel unser Anliegen vor. Er ist sofort einverstanden und begeistert von dieser Idee, bedauert aber, dass er nur die spanischen Texte hätte. Dem Zeitalter der modernen Technik sei Dank, denn dieses kleine Problem lässt sich mit Hilfe des Smartphones lösen und so feiern wir an diesem Abend zum ersten Mal einen Gottesdienst, in dem jeder Anwesende einen Teil verstehen kann; die Lesungen auf deutsch und spanisch, die Predigt wird ins Englische übersetzt und bei den Fürbitten wird auch an die Italiener gedacht. Es erinnert mich ein

ein Gottesdienst, in dem jeder etwas verstehen kann
deutsch und spanisch, englisch und italienisch
Es erinnert mich ein wenig an Pfingsten

wenig an Pfingsten, die Geburtsstunde der Kirche. Hier ist es die Geburtsstunde einer neuen Gemeinde!

HEILIGE MESSE IN TERRADILLOS
DE LOS TEMPLARIOS

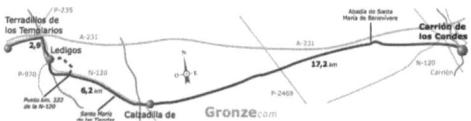

06

Hier enden und neu anfangen

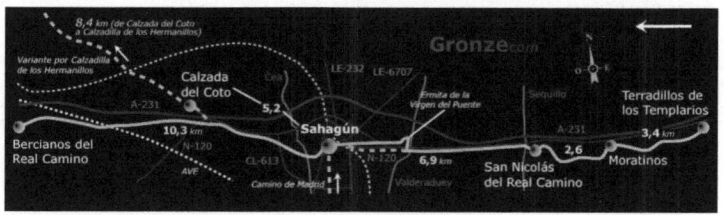

Bedanken, Verzeihen, hier enden und Neuanfang

Der Weg bringt heute wenig Abwechslung mit sich. Einsame Schotterpisten werden immer wieder unterbrochen von Sonnenblumen- und Maisfeldern. Aber heute bin ich etwas zügiger unterwegs. Ich möchte unbedingt am frühen Vormittag ⇨ Sahagún erreichen. Wie sehr habe ich mich auf diese Stadt gefreut.

BRÜCKE VOR SAHAGÚN

Hell und freundlich inmitten der Sahara. Kleine Lehmhäuser prägen das Stadtbild. Die Menschen tragen luftige Leinenkleider und bunte Turbane. Zwischen den Häusern sind immer wieder Wäscheleinen gespannt, auf denen bunten Seidentücher und Teppiche im leichten Sommerwind trocknen. Es riecht nach orientalischen Gewürzen, es erklingt leise Gitarren- und Flötenmusik und ein kleiner Bazar durchzieht die engen Gassen der Wüstenstadt. Es ist eine friedliche Stimmung, zwei alte Männer spielen Karten vor einem Haus, die Frauen sind vertieft in eine amüsante Unterhaltung und die Kinder rennen um die Wette, die einen spielen mit dem Ball, während ein andere Junge einen großen, roten Ballon fröhlich durch die Lüfte wirft. Die Stadt ist umgeben von einer alten Steinmauer und drei große Türme laden zur Aussicht über die gelben Dünen ein.

Es gleicht den zahllosen Märchen aus 1001 Nacht - doch leider ist es nur eine Illusion, ein Bild, das meine Phantasie gezaubert hat. In Wirklichkeit ist Sahagún eine kleine, historische Stadt, wie sie immer wieder in Spanien zu finden ist und für sich den Anspruch erhebt, genau auf der Hälfte des Camino Francés zu liegen (was geographisch allerdings nicht ganz korrekt ist).

Einen Bazar gibt es auch nicht, dafür bestimmen viele Händler mit unterschiedlichen Waren das Bild der Altstadt. Es ist Samstag und Wochenmarkt!

Viel Zeit bleibt mir nicht, um die Angebote anzuschauen oder gemütlich an den Ständen entlang zu schlendern. Meine Insektenstiche sind innerhalb der letzten eineinhalb Tage zu großen, roten Flecken mutiert und ich habe bereits gestern Abend den Entschluss gefasst, heute lieber einen Arzt aufzusuchen. Im Centro de Salud muss ich erstaunlicherweise nur wenige Minuten warten, bis mir geholfen wird. Eine junge Ärztin versichert mir, dass keine Bettwanzen verantwortlich sind, sondern ich wahrscheinlich ein Opfer der vielen Bremsen auf dem Weg geworden bin und die Einstichstellen sich leider entzündet hätten. Sie verschreibt mir ein Medikament und gibt mir den Rat, die Sonne zu meiden. Nun ja, mitten im August beim Pilgern auf

---

Sie gibt mir den Rat, die Sonne zu meiden.
Nun ja, mitten im August beim Pilgern auf dem Jakobsweg - eine Herausforderung

---

dem Jakobsweg die Sonne zu vermeiden, ist eine nicht zu bewältigende Herausforderung und ein paar Tage Pause passen weder in meinen Zeitplan noch wäre es in irgendeiner Weise eine Option. Wir einigen uns, dass ich die Entzündungen vor direkter Sonneneinstrahlung schütze, sie gibt mir einen Bericht mit, falls ich in zwei Tagen keine Linderung erfahren habe und nochmal einen Arzt aufsuchen muss. Ich löse noch schnell das Rezept in der Apotheke ein und dann kann ich endlich einen Café con leche genießen – in einer netten Bar unter einem Sonnenschirm mit Blick auf das bunte Marktreiben. So lässt es sich aushalten. Bleibt nur zu hoffen, dass ich später in der Herberge auch noch ein Bett bekomme und nicht auf einer Matratze am Boden schlafen muss. Vorsichtshalber schicke ich ein kleines Stoßgebet nach oben.

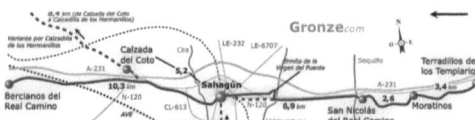

Nach einer Tasse Café con leche mache ich mich wieder auf den Weg. Die nächsten Kilometer sind landschaftlich wenig spektakulär. Es ist sehr heiß geworden und so nutze ich jede Gelegenheit, mein Tuch mit kaltem Wasser zu tränken, um meinen Kopf zu kühlen. Irgendwann erreiche ich unser Tagesziel: ⇨ Bercianos. Ein kleines Dorf irgendwo im Nirgendwo. Leider war man hier mir den gelben Pfeilen sehr sparsam und so irre ich eine Weile ziellos hin und her, bis ich schließlich die kleine kirchliche Herberge erreiche. Noch ist sie nicht geöffnet, aber es hat sich bereits eine Schlange aus einigen Pilgern gebildet.

Nun treffe ich auch Dori wieder, sie ist heute ein Stück alleine unterwegs gewesen. Dabei hat sie u.a. einen deutschen Pilger getroffen. Er war uns bereits auf dem langen Stück hinter Carrión de los Condes aufgefallen. Seinem Aussehen nach zu urteilen, scheint er schon viele Wochen auf dem Jakobsweg zu laufen, seine Haare sind lang, die Haut sonnengebräunt, er ist unrasiert und der Kleidung würde eine Runde in der Waschmaschine auch gut tun. Zudem finde ich es völlig merkwürdig und daneben (nur weil es meinem Denken nicht entspricht), dass er weite Teile barfuß unterwegs ist und somit auch noch rabenschwarze Füße hat. Ich habe ein sehr ausgeprägtes Schubladendenken und viele Vorurteile, daher bekommt er den Stempel „alternativ angehaucht, Hippie, Joint, unsympathisch" und wandert, ohne mir irgendetwas getan zu haben und ohne, dass ich auch nur ein Wort mit ihm gewechselt hätte, in die entsprechende Schublade. Klappe zu, abgehakt.

Dori begrüßt mich freudestrahlend: „da bist du ja, ich dachte du kommst erst später." Ich erwidere ihre freudige Begrüßung und erzähle ihr kurz, wie es mir beim Arzt in Sahagún ergangen ist. „Ach dann wirst du ja auch noch ein Bett bekommen" wirft sie ein. „Hauptsache ich muss nicht auf dem Boden schlafen." antworte ich etwas müde. Ihre Augen strahlen mich an: „das hättest du auch nicht gemusst". Ich bin irritiert. „Na du weißt doch noch, dieser Mann, der den ganzen Weg barfuß gelaufen

ist?" - „Ja, was ist mit ihm?" - „ich bin eine ganze Weile mit ihm gelaufen. Und ich habe ihm erzählt, dass du Angst hast, kein Bett zu bekommen, aber auf einer Matratze am Boden nicht schlafen könntest, weil du dann ebenfalls Angst hast. Wir waren rechtzeitig hier. Wenn Du kein Bett mehr bekommen hättest, hätte er seines gegen die Matratze getauscht."

---

lange Haare, unrasiert, barfuß: Hippie, Joint, unsympathisch, abgehakt hätte mir das letzte Bett überlassen - ich bin sprachlos

---

Das hat gesessen! Mein schlechtes Gewissen meldet sich völlig berechtigt zu Wort. Ausgerechnet dieser Pilger, dem ich keine Beachtung geschenkt und im Gegenteil, ihn auch noch nur anhand seines Aussehens vorverurteilt hatte, hätte selbstlos auf ein Bett verzichtet, um mir etwas Gutes zu tun. Ich bin sprachlos und schäme mich. Und ich muss dringend daran arbeiten, mein Schubladendenken abzulegen. Als ich den Barfußpilger entdecke, gehe ich auf ihn zu, bedanke mich und bitte im Stillen um Verzeihung.

Das ist eins der Dinge, die den Weg zu etwas besonderem machen: dass es Menschen gibt, die vorbehaltlos füreinander einstehen, sich um den anderen sorgen, ohne zuerst zu schauen, was für einen selbst das Allerbeste wäre. Und so etwas habe ich immer wieder auf allen Wegen und zu allen Zeiten erlebt. Zwischen Pilgern untereinander, aber auch mit den Einheimischen.

So hatte ich im Jahr zuvor ein Bett in einer neuen, privaten Herberge gebucht. Leider war auch in diesem Ort „Fiesta". Eine Woche lang waren wir schon von Stadt zu Stadt gelaufen und immer wieder in die Festwoche geraten. Das bedeutete konkret, dass überall bis tief in die Nacht hinein gefeiert wurde. Außerdem konnte man nur mittags eine Messe besuchen und die Supermärkte hatten wie sonntags geöffnet. Vielerorts gab es morgens stundenlange Prozessionen und um Mitternacht zo-

gen Blaskapellen durch die Orte. Mir war nicht mehr nach Fiesta und so beschloss ich, einen Ort zurückzufahren. Der Hospitalero bedauerte zwar meine Entscheidung, aber hatte dafür durchaus Verständnis. Und obwohl er im Begriff war, mich als zahlenden Gast zu verlieren, setzte er alles daran, mich glücklich zu machen. Er telefonierte, um herauszufinden, ob in dem anderen Ort wirklich keine Fiesta ist, er schaute nach Busverbindungen für diesen Nachmittag und den nächsten Morgen, schlug mir verschiedene Alternativen vor und gab mir die Telefonnummer des örtlichen Taxiunternehmens. Ich weiß noch, dass ich sehr überrascht war, was er nun alles für mich tut. Ich traf schließlich die einzig richtige Entscheidung in dieser Situation: ich blieb in dieser Herberge und es wurde ein ganz besonders schöner Abend. Das junge Paar, das die Unterkunft betrieb, bekochte uns, es gab einen leckeren Eintopf, dazu frischen Salat, selbstgebackenes Brot, guten Wein (wir waren da gerade in der Gegend „Rioja"), ein Dessert und eine nette Unterhaltung. Außerdem erwartete uns am nächsten Morgen ein vorzügliches Frühstücksbuffet und die Option, auch erst später die Herberge verlassen zu können.

EINTOPF VOM HOSPITALERO

Den heutigen Nachmittag möchte ich gerne alleine verbringen und so nehme ich meine „sieben" Sachen und mache mich auf den Weg. Bercianos del Real Camino ist sehr klein und überschaubar, irgendwo im nirgendwo, und es scheint fast so, als sei es völlig ausgestorben. Die Häuser sind sehr einfach und teilweise wirken sie auch so, als wenn sie überhaupt nicht bewohnt wären. Ich schlendere ein wenig durch die ruhigen Gassen. Die Sonne brennt, die Straßen sind staubig, hier und da streunt mal ein kleiner Hund vorbei oder huscht eine Katze über die Mauer, aber Einheimische sucht man hier vergebens. Vielleicht liegt es ja auch einfach an der Tageszeit. In den wärmsten Stunden,

nach dem Mittagessen bis zum späten Nachmittag, wird üblicherweise Siesta gehalten; die Supermärkte und die Küchen der Bars haben geschlossen, wer hier mit Hunger unterwegs ist, muss sich rechtzeitig versorgen oder bis zum Abend warten, in der Regel gibt es keine Ausnahmen.

Schließlich komme ich zu einer kleinen Bar. Sie liegt am Ortseingang und scheint mir der einzige Platz zu sein, an dem überhaupt eine Menschenseele zu finden ist. An den Tischen vorm Eingangsbereich entdecke ich Gabriel und seine Begleiter und sie laden mich ein, ihnen Gesellschaft zu leisten. Nun bin ich ganz auf mich allein gestellt und habe niemanden, der mir auch nur einen Satz übersetzen könnte. Es ist zwar etwas holprig, aber trotzdem unterhalten wir uns ganz nett. Ich erfahre zum Beispiel, dass sie etwa die gleichen Etappen geplant haben wie ich und zur selben Zeit in Santiago ankommen möchten. Das freut mich sehr, es ist eine nette Gruppe und wenn Dori nach Hause fährt, bin ich ganz allein hier. Man muss sich ja nicht den ganzen Tag auf die Pelle rücken, aber zu wissen, dass ich an meinem Tagesziel bekannte Gesichter treffen könnte, macht mir Mut. Noch bin ich nämlich ein wenig ängstlich, wie es wohl in den letzten zwei Wochen vor meiner Heimreise sein wird.

An diesem Abend feiern wir wieder gemeinsam eine Messe in der örtlichen Kirche. Obwohl wir uns alle erst seit wenigen Tagen kennen, hat sich so etwas wie eine eigene kleine Gemeinde gebildet und es finden sich regelmäßig zwischen 15 und 25 Leute in den Gottesdiensten ein. Ich freue mich, dass ich wieder lesen darf, denn ich weiß, dass ich damit Menschen verbinden und ihnen ein Stück das Gefühl von Heimat und Vertrautem geben kann. Ein paar Pilger, die regelmäßig dabei sind, können kein spanisch und haben mir mit Dankbarkeit zurückgemeldet, dass sie so wenigstens einen Teil verstehen konnten und dadurch das Gefühl bekommen haben dazuzugehören. Außerdem bemüht sich Gabriel, möglichst viele Nationen anzusprechen. Oftmals

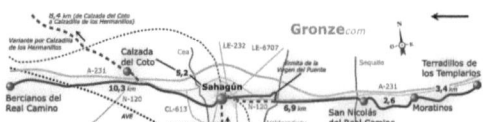

lässt er seine Kurzpredigten ins Englische übersetzen, damit es alle verstehen. Zudem spricht er dabei (zumindest an der Redegeschwindigkeit der Spanier gemessen) sehr langsam und so kann jeder verstehen, worum es geht. Er spricht von Gottes großer Liebe zu uns Menschen und darüber, dass es die Aufgabe von uns allen ist, diese Liebe in die Welt zu bringen und für andere sichtbar zu machen. Dabei geht es gar

Gabriel spricht von Gottes großer Liebe zu uns Menschen und unsere Aufgabe, diese Liebe in die Welt zu bringen und für andere sichtbar zu machen

---

GABRIEL MIT ÜBERSETZERIN

nicht um die ganz großen Dinge, sondern um uns und unser Leben. Es würde schon genügen, wenn wir mit ganz kleinen Schritten anfangen, hier auf dem Weg mit den Menschen, die uns jeden Tag begegnen. Ein freundliches Wort, ein sanftes Lächeln, eine hilfsbereite Hand im richtigen Moment, ein wenig Trost in der Traurigkeit, Aufrichtigkeit und Ehrlichkeit. Es gibt so viele kleine Dinge, die aber in der Summe die Welt verändern können.

Ich schweife ein wenig in Gedanken ab, es sind nicht nur einfach nette Worte über eine Welt, wie sie friedlich sein könnte. Schon viele Male habe ich es hier auf dem Weg erlebt, dass Menschen mir ein wenig ihrer (Nächsten-)Liebe geschenkt haben. Als ich im vergangenen Jahr in Los Arcos war, hatte ich eine etwas alternative Herberge ausgewählt. Da das Frühstück in den einfachen Unterkünften meist nur aus Kaffee und Keksen bestand, habe ich auch das entsprechende Angebot nicht mitgebucht. Der nächste Morgen brachte mir einen dieser Tage, an dem ich mit dem falschen Bein aus dem Bett gestiegen war und

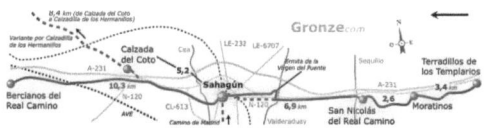

die ganze Welt erschien nicht nur in der Dunkelheit der Nacht versunken zu sein, sondern insgesamt keine Farbe zu haben. Im Aufenthaltsraum strömte mir der Geruch von frischem Kaffee und selbstgebackenem Brot entgegen. Es war der Moment, in dem ich zutiefst bereute, kein Frühstück genommen zu haben. Ich trank den heißen Kaffee, der besser nicht hätte sein können, mein Magen knurrte unentwegt und ich wurde unendlich traurig. Ein dicker Kloß blockierte meinen Hals und ich ärgerte mich gleichzeitig über mich selbst. Schließlich stand ich auf und fragte den Hospitalero, ob es möglich sei, auch nachträglich noch ein Frühstück zu bekommen. Er reagierte mit sehr viel Freundlichkeit und sagte mir, dass es überhaupt kein Problem sei. Dabei war das nächste bereits im Anmarsch. Ich hatte überhaupt kein Kleingeld mehr und auf einen 50€-Schein konnte er nicht rausgeben. Ich war kurz vorm Verzweifeln, jetzt war das köstliche Brot schon zum Greifen nah, mein Hunger riesengroß und es schien einfach am nötigen Kleingeld zu scheitern. Es passierte etwas, womit ich überhaupt nicht gerechnet hätte: er sagte mir wiederum, dass alles kein Problem sei, ich solle einfach Platz nehmen und ordentlich frühstücken. Ich setzte mich und

während ich die erste Scheibe Brot mit ein wenig Butter genoss, liefen mir still dicke Tränen über die Wangen. Er gesellte sich nochmal einen Moment zu mir, fragte ob es schmeckt und wie mein Name sei. Ich antwortete ihm, dass es unglaublich köstlich sei und nannte ihm meinen Namen. Nachdem mein Magen gefüllt und der Kaffee ausgetrunken war, kam der Herbergsvater erneut auf mich zu. Aus einem einfachen Stück Draht hatte er einen Pilger, meinen Namen und eine Blume gebogen, schenkte mir sein Kunstwerk, wünschte mir Gottes Segen und einen guten Weg. Er verlor kein Wort darüber, dass ich das Frühstück

PILGER VOM HOSPITALERO

nicht bezahlen konnte. Ich war tief berührt. Während ich meine Sachen zusammenpackte, fragte ich unter den Pilgern ein wenig herum und schließlich fand ich auch jemanden, der mir bis zur nächsten Pause das benötigte Kleingeld für das Frühstück auslegen konnte.

Der Hospitalero wünschte mir Gottes Segen und verlor kein Wort darüber, dass ich das Frühstück nicht bezahlen konnte

---

Die ersten Töne von „Laudate omnes gentes" reißen mich aus meinen Gedanken zurück. Wie wunderbar das klingt. Nach den ersten Wiederholungen bekommen wir es sogar zweistimmig hin. Was ein schöner, besonderer Moment. Ich bin gerade sehr glücklich.

Nach der Messe beeilen wir uns, in die Herberge zurückzukehren. Es herrscht schon rege Betriebsamkeit im Aufenthaltsraum, jeder packt mit an und so sind die blanken Holztische blitzschnell mit Tellern, Besteck und Gläsern gedeckt. Ein Stimmenwirrwarr erfüllt den Raum; ein paar Pilger treffen sich offensichtlich überraschend wieder, andere sind noch ein wenig schlaftrunken vom nachmittäglichen Nickerchen, wieder andere berichten von ihren Erlebnisse des Tages, es wird gelacht und geredet in allen erdenklichen Sprachen. Etwas Ruhe kehrt erst ein, als wir zu Tisch gebeten werden, alle finden einen Platz, auch wenn man dafür enger zusammenrücken muss. Nach einem kurzen Gebet wird die Vorspeise gereicht. Es gibt frischen Salat, dazu selbstgebackenes Brot und reichlich Wasser und Rotwein. Das Hauptgericht besteht aus einem einfachen Eintopf, es ähnelt einer Kartoffelsuppe, die mit allem möglichen Gemüse, das die Küche noch hergab, angereichert wurde.

ALLE FINDEN EINEN PLATZ

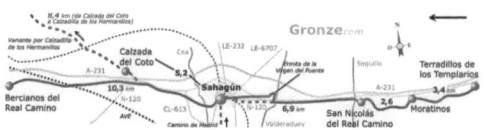

Ich erinnere mich an einen Spruch, den ich in einer anderen kirchlichen Herberge gelesen hatte: Deine Spende von heute ist das Essen der Pilger von morgen! Auf jeden Fall werden alle

---

Deine Spende von heute ist das Essen der Pilger von morgen - es werden alle satt

---

satt und das ist die Hauptsache. Wie es sich für ein ordentliches Drei-Gänge-Menü gehört, darf natürlich auch ein Dessert nicht fehlen und so werden zum Nachtisch verschiedene Sorten frisches Obst gereicht.

Genauso schnell wie beim Eindecken sind auch die schmutzigen Teller, Schüsseln und das Besteck zusammengeräumt und von vielen Händen in die Küche getragen. Zum Abschluss werden nun Zettel verteilt. Darauf ein spanischer Text, der das schwere Leben eines Pilgers beschreibt. Vom langen Weg zu Fuß, über schnarchende Bettnachbarn, Blasen, Sonne und Wind bis zur glücklichen Ankunft in Santiago. Ein freiwilliger Helfer stimmt die Melodie von „La Bamba" an und alle stimmen fröhlich lachend mit ein.

Bevor dieser schöne Tag sich dem Ende neigt, gehe ich noch ein paar Schritte hinters Haus und steige eine kleine Anhöhe hinauf. Anhöhe! Kein Berg, noch nicht mal die Höhe eines Deiches.

Ich schaue nach Westen, wie beim Laufen tagsüber auch. In weiter Ferne irgendwo liegt Santiago de Compostela. Ein paar Wolken stehen am Himmel und darunter glitzert goldrot die Sonne. Wie ein funkelnder Rubin taucht sie den Himmel in ein zauberhaftes Licht. Es ist so schön, hier sein zu können. Ich schaue dem Spiel des Lichtes zu und werde ein wenig wehmütig. Nicht mehr lange, und es wird dunkel sein. Gerne würde ich, so wie ich es mir damals auch wünschte, einfach die glühende Kugel festhalten, damit sie nicht untergeht. Ich brauche das Licht

so sehr, ich habe Angst vor der Dunkelheit. Vor der Nacht. Eine Weile schaue ich in die Leere und denke nichts. Manche sagen, man kann nicht nichts denken, aber wenn man nicht daran denkt, kann es passieren, dass man aus dem Nichts an Nichts denkt. Der Wind säuselt leise, aber ansonsten herrscht hier eine andächtige Stille. Kurz bevor die Sonne ganz im Boden versinkt, zeigt sie sich nochmal in ihrem vollen Glanz und wenige Momente später ist sie verschwunden. Sie lässt sich einfach nicht festhalten, sondern geht ihren Weg, folgt ihrer Bestimmung. Ich erinnere mich an eins meiner Lieblingsabendlieder und fange in Gedanken leise an zu singen: *Du lässt den Tag oh Gott nun enden* und breitest Dunkel übers Land, dabei schaue ich weiter dem Lichtspiel zu. Es ist einer der Augenblicke, in dem die Zeit einfach stehenzubleiben scheint. Erst mit dem Text der dritten Strophe wird mir bewusst, dass gerade in fernen Ländern ein neuer Tag erwacht und dort *ein Neuanfang beginnt*. Ich blicke in Richtung Westen und schaue sehnsüchtig dem Licht hinterher; wer weiß - vielleicht schaut gerade jetzt in diesem Moment jemand erwartungsvoll und sehnsüchtig Richtung Osten, freut sich daran, dass die Welt in ein zauberhaftes Licht getaucht wird und es endlich wieder hell wird.

**SONNENUNTERGANG IN
BERCIANOS DEL REAL CAMINO**

Zeit zum Schlafengehen.

Meine Füße tragen mich alleine

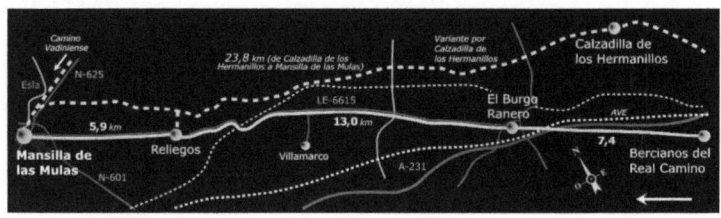

Manchmal fehlt mir Zeit

Die Nacht war kurz. Nachdem ich den schönen Sonnenuntergang betrachtet hatte, fiel es mir wie Schuppen von den Augen, dass ich noch gar nicht gepackt hatte. Die Wäsche hing noch im Garten und auf meinem Bett war lauter Kram ausgebreitet, der noch im Rucksack verstaut werden wollte. Ich bemühte mich, nur im Schein meiner Minitaschenlampe möglichst geräuschlos alles zusammenzuräumen. Mehr als sechs Stunden Zeit zum Schlafen blieb mir am Ende nicht.

Auch das trägt vielleicht dazu bei, dass meine Laune heute Morgen nicht die beste ist. Im Aufenthaltsraum wird ein kleines Frühstück angeboten. Mein einziger Lichtblick ist der frische Kaffee, dazu gibt es Kekse oder Kekse. KEKSE – an diese Art von Frühstück kann ich mich einfach nicht gewöhnen, auch wenn es hier ein gängiges Frühstücksangebot ist. Die nächste Möglichkeit, einkehren zu können, wird frühestens in El Burgo Ranero kommen und das bedeutet eineinhalb bis zwei Stunden laufen. Schweigend setze ich mich an einen Tisch und knabbere lustlos an meinem Keks. Ich hoffe, dass mich niemand anspricht, denn nach Unterhaltung ist mir absolut nicht. Einen

---

Schweigend knabbere ich lustlos an meinem Keks ...

Tisch weiter sitzen ein paar andere Pilger. Sie haben vorgesorgt und essen genussvoll frisches Baguette. Ich ärgere mich über mich selbst, denn ich hätte auch gestern Abend einkaufen können. Es ist nicht zu ändern, richtig neidisch werde ich erst, als ich ein Glas mit Nuss-Nougat-Creme entdecke. Was würde ich jetzt darum geben, eine Messerspitze voll auf meinen Keks streichen zu können. Ich nehme einen Schluck Kaffee und verharre weiter in meiner Morgenmuffel-Laune. Plötzlich spricht mich einer der anderen Pilger an. Ich versuche mir nicht anmerken zu

lassen, dass ich nicht reden möchte und lächle angestrengt. Es dauert genau eine Satzlänge, bis sich aus Anstrengung ein echtes Lächeln entwickelt: „möchtest du etwas Schokocreme?". Ich strahle ihn an, nicke und mehr als „Danke" geht mir nicht über die Lippen. Dann bestreiche ich mir einen Keks und genieße jeden einzelnen Bissen. Was ein himmlisches Frühstück.

... dann genieße ich jeden einzelnen Bissen. Was ein himmlisches Frühstück

---

BEI EL BURGO RANERO

ELVIS BAR RELIEGOS

Der heutige Weg hinterlässt wenige Spuren in meiner Erinnerung. Über viele Kilometer hinweg geht es einfach entlang einer Straße und es gibt kaum Abwechslung in der Landschaft. Es hat etwa den gleichen Effekt, als wenn man stundenlang eine Autobahn entlang fährt und es außer Feldern nichts zu sehen gibt. Wir legen einen Stop in ➡ El Burgo Ranero ein und erreichen nach einer letzten Pause in ➡ Reliegos am frühen Nachmittag ➡ Mansilla de las Mulas. Die öffentliche Herberge hat einen liebevoll gestalteten Innenhof, der zum Treffpunkt aller Pilger wird. Hier wird geredet, gelacht, gemeinsam gegessen.

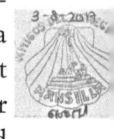

Als ich mich nach der Messe am Abend in den Garten setze und dem Treiben dort zuschaue, werde ich ein wenig nach-

NACH DER MESSE IN MANSILLA

denklich. Verschiedene Gruppen haben sich hier zusammengefunden. Da sind die Langzeitpilger, die zum Teil sogar in Deutschland gestartet sind und sich hier zufällig wieder getroffen haben. An einem anderen Tisch finden Gabriel und die Gruppe Platz, sie haben heute gemeinsam gekocht. Wie gerne würde ich jeden einzelnen Moment festhalten. *Manchmal fehlt mir aber die Zeit,* um alle Begegnungen und Gedanken aufzuschreiben. Es ist unglaublich, wie viele verschiedene Menschen man hier trifft; manche nur einmal, einige immer

Es ist unglaublich, wie viele verschiedene Menschen man hier trifft; manche nur einmal, einige immer wieder, welche den gesamten Weg

wieder und wiederum gibt es welche, die einen den gesamten Weg begleiten. Werde ich womöglich alleine in Santiago ankommen (müssen)?

**GEMEINSAMES KOCHEN
IN DER ÖFFENLICHEN HERBERGE**

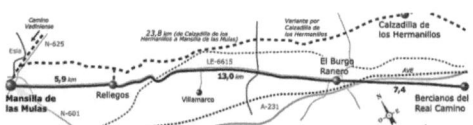

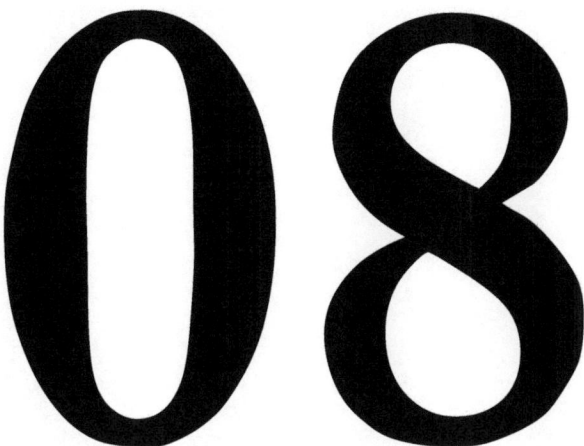

alle erzählen vom Aufbruch

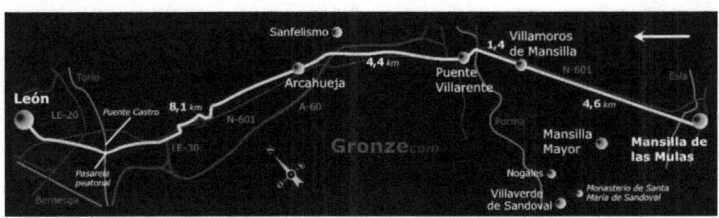

Eins haben alle gemeinsam - sie erzählen vom Aufbruch

Heute habe ich ein ganz neues Problem: Durchfall! Erst habe ich vermutet, dass es vom fettigen Essen kommt, aber nun fällt mir ein, dass es einfach eine Nebenwirkung des Medikaments ist. So wird es auch sein, denn außer der Tatsache, dass ich in sehr kurzen Abständen möglichst schnell eine Toilette benötige, habe ich keinerlei Beschwerden. Mir geht es gut.

Kurz vor ⇨ Puente Villarente kommen wir an einen Fluss und müssen eine Brücke überqueren. Direkt dahinter werden wir von einem jungen Mann aufgehalten. Er möchte gerne Fotos von uns machen. Ich mag keine Straßenhändler, meist sind sie sehr anhänglich, wenn es darum geht, ihre Waren als den weltbesten Artikel und das Superschnäppchen schlechthin anzupreisen und zu verkaufen und so bin ich auch hier zunächst skeptisch. Doch irgendwie scheint mir der Mann sehr sympathisch. Er möchte sich nicht aufdrängen, aber er hat eine Mission. Jedes Jahr fotografiert er Pilger auf dem Jakobsweg und möchte in 10 Jahren 1200 Personen festgehalten haben. Dabei geht es ihm nicht darum, dass man möglichst makellos, mit gestylten Haaren, reiner Haut, leichtem Make-up und sauberer Kleidung abgelichtet wird. Er möchte authentische Fotos von Pilgern machen, Momentaufnahmen, so wie er/sie gerade ist. Um sein Anliegen deutlich zu machen, hat er ein paar Fotobücher bereit gelegt, die ich zunächst einmal durchblättere.

Als ich mir die Bilder anschaue, bin ich mehr als überrascht. Es sind wunderschöne Aufnahmen, die einen unverhüllten

VOR PUENTE VILLARENTE

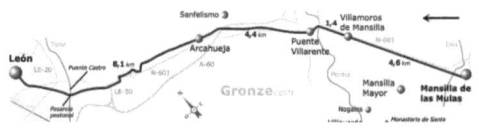

Blick auf jeden Einzelnen preisgeben. Keine Modepuppen mit neuester Designerkleidung, perfektem Make-up, das einen 20 Jahre jünger erscheinen lässt, neuem Haarschnitt und Schmuck, der perfekt abgestimmt ist. Nein, ich sehe Menschen in ihrer natürlichen Schönheit, ich sehe den Wind, der eben noch durch die Frisur gepustet hat, die Falten, die das Leben zeichnet, die sonnengebräunte Haut und Kleidung, an der ein paar Spuren des Weges haften. Mal lächelnde Gesichter, mal nachdenkli-

che Blicke, mit Rucksack, Wanderstock, Zigarette oder Hund. Es ist wirklich eine künstlerische Leistung. *Eins aber haben alle diese Bilder gemeinsam: sie erzählen vom Aufbruch,* vom unterwegs sein, von Leichtigkeit und Freiheit, von der Magie, die es auf diesem Weg gibt. In den Gesichtern erstrahlt Freude, tiefes Glück, Zufriedenheit und innerer Frieden.

Dieses Projekt überzeugt mich und so lasse ich ein paar Fotos machen.

Lange darf es aber nicht dauern, denn ich merke schon wieder meine Not und bin froh, als wir nach einem kurzen Stück bergauf eine kleine Bar erreichen. So kann es definitiv heute nicht weitergehen. Ein paar Meter weiter befindet sich eine Bus-

VOR PUENTE VILLARENTE

haltestelle und ein Blick auf den Fahrplan verrät, dass in wenigen Minuten ein Bus nach León fahren müsste. Sowas nenne ich Fügung. Für diesen Tag und für diese Situation scheint es einfach die beste Lösung zu sein und so sitze ich ein halbe Stunde später in einem Friseursalon am Busbahnhof von ⇨ León.

Anschließend gehen wir zu unserer Luxusunterkunft. Ein kleines Hostel in unmittelbarer Nähe der Kathedrale bietet alles,

was mein Pilgerherz begehrt: Einzelkabi-
nen, weiße, saubere Bettwäsche, Handtücher, Duschvorleger, Duschgel und ab-
schließbare Fächer. Aber ich zweifle im
Stillen, ob es das ist, was ich wirklich zu
meinem Glück brauche?!?

Mittlerweile macht mich nämlich die
Hektik der anderen ein wenig nervös.
Ständig muss alles durchorganisiert und
geplant werden, nichts darf dem Zufall

LEÓN

überlassen werden und alle hetzen dem Glück, der Zufriedenheit und Erholung hinterher. Was ich für einen Widerspruch in
sich halte, denn wenn ich hetzen muss, um mein Glück, Zufriedenheit oder Erholung zu finden, dann habe ich noch nichts gelernt. Mir war es bis jetzt auch nicht klar, dass ich Dinge einfach
auf mich zukommen lassen kann, ich möchte gerne Raum für
Fügungen lassen. Ich muss nichts dem Zufall überlassen, denn

---

*Alle hetzen dem Glück, der Zufriedenheit und Erholung hinterher
mir war es nicht klar, dass ich Raum für Fügungen lassen möchte*

Zufälle gibt es nicht. Es reicht, wenn ich meine Sinne dafür of-
fenhalte, was Gott mir sagen oder zeigen will. Gabriel sagte gestern in seiner Predigt, dass Gott oft ganz leise zu uns spricht
und wir in der Hektik unseres Alltags aufpassen müssen, Seine
Stimme zu hören.

Und so ist es sicherlich auch kein Zufall, dass ich beim Mittagessen einen anderen deutschen Pilger kennenlerne. Er war mir
bereits in den letzten Tagen immer wieder begegnet, allerdings
habe ich ihn aufgrund seines Aussehens eher für einen Engländer, Dänen oder Schweden gehalten. Mag außerdem auch daran
liegen, dass er sich bisher immer nur auf Englisch verständigt

hat. Nun stellt er sich an unseren Tisch und unterhält sich in fließendem Deutsch mit dem Schweizer. Uiuiui, das hätte ganz schön peinlich werden können und so bin ich froh, dass ich meine Gedanken, mein Schubladendenken, für mich behalten habe. So ganz sympathisch ist er mir jedoch trotzdem nicht, auch wenn ich seine Sprache sprechen und verstehen kann. Er wirkt ein wenig hochnäsig und arrogant, scheint alles besser zu wissen und der Super-Pilger schlechthin zu sein. Erst am Ende meiner Reise werde ich erkannt haben, dass nicht immer alles so ist, wie es im ersten Moment scheint.

Als die Siesta einschließlich leckerem Mittagessen vorüber ist, mache ich mich auf den Weg in die Kathedrale. Ich möchte sie unbedingt besichtigen. Von außen wirkt sie erst unscheinbar, halt eine große Kirche, eine Kathedrale. Im Inneren zeigt sich mir dann aber ein ganz anderes Bild.

*von außen unscheinbar -
im Innern leuchten bunte Farben*

KATHEDRALE VON LEÓN

Sahen die Fenster, vom Vorplatz aus betrachtet, aus wie eine ganz normale Verglasung einer Kirche, so beeindrucken sie mich von innen um so mehr. Sie erstrahlen und leuchten in vielen bunten Farben. In dieser Kathedrale gefällt mir auch der Audioguide sehr gut. Im Gegensatz zu Burgos, wo ich zwischenzeitlich beim Hören schon überlegt hatte, ob ich vielleicht Kunst- oder Geschichtsstudent im achten Semester bin, fasst man sich hier eher kurz und bringt die wichtigsten Dinge leicht verständlich auf den Punkt. Es gibt viele

kleine Kunstwerke zu bestaunen, ein paar Krippenszenen und es überrascht mich, dass die Orgel das Produkt einer deutschen Firma aus Bonn ist. Hier habe ich auch das Gefühl, in einer Kirche zu sein und nicht in einem Museum.

Wieder zurück treffen wir auch die Gruppe mit Spaniern und verabreden uns später zur Messe. Sie übernachten in einer Herberge, die in einem Kloster untergebracht ist und zu der eine kleine Kirche gehört.

KRIPPENSZENE

Die Nonnen haben hier eindeutig das Zepter in der Hand. Als wir abends den Gottesdienst besuchen, wollen sie Gabriel verbieten, zu konzelebrieren. Sie lassen ihn gar nicht vor bis zur Sakristei und dem Priester, sondern versuchen ihn bereits vorher abzuwimmeln. Es ist eine sehr komische Situation und ich verstehe es auch nicht, wie eine Ordensschwester das einfach so bestimmen kann. Gabriel tut mir sehr leid. In seinem Gesicht ist zu erkennen, dass ihm nicht einfach nur das Nein der Nonne zu schaffen macht, sondern wirklich dass es ihm im Herzen weh tut. Aber, wie so oft, kommt es dann doch anders. Kurz vor Beginn der Messe wirft der örtliche Priester einen Blick in die Kirche und Gabriel nutzt die Gunst der Stunde, ihn direkt anzusprechen. Ich schicke ein Dankgebet in den Himmel. Die Ordensschwester ist nicht begeistert und als unsere Gruppe sich an entsprechender Stelle den Frieden wünscht (okay, etwas gestenreicher und mit mehr Freude, als sich einfach nur die Hand zu geben), ernten wir alle von ihr böse Blicke. Die übrigen Nonnen scheint es nicht zu stören, denn sie schauen uns ziemlich amüsiert an und haben Freude im Gesicht. „Der Friede sei auch mit Dir" wünsche ich der trübseligen Schwester in Gedanken.

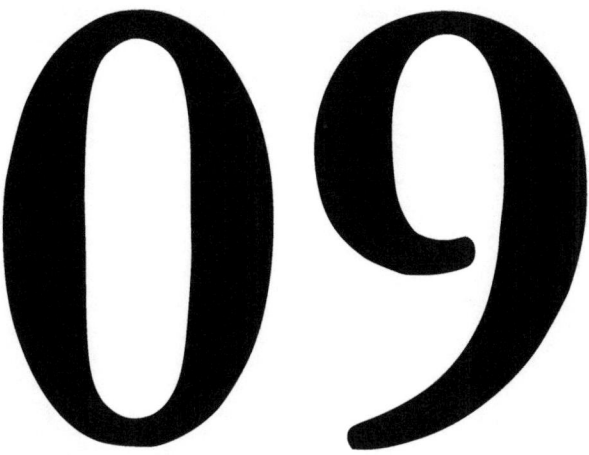

Erwartungen an mich

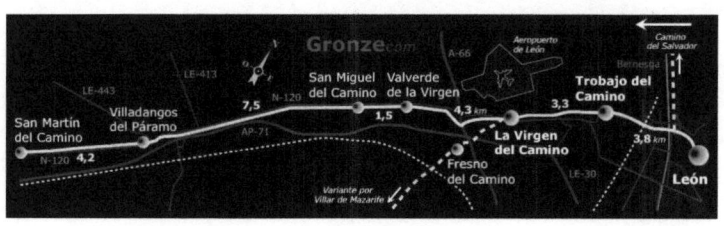

Erwartungen an mich - von mir und Anderen

Heute Morgen muss ich wieder mal eine Entscheidung treffen. Es gibt zwei Wege, um in Richtung Santiago weiterzukommen. Den direkten Weg, der aber große Teile an einer Hauptstraße entlang führt, oder einen ruhigeren Weg, der durch die Einsamkeit führt, und zumindest, wenn ich der Beschreibung in meinem Pilgerführer vertraue, die schönere Möglichkeit sein soll, aber weniger gute Infrastruktur bietet. Da ich immer noch sehr ängstlich bin und auch gerne zwischendurch eine kalte Cola oder einen leckeren Café con leche genieße, entscheide ich mich für den Hauptweg.

Die Entfernung zum Zielort macht mir keine Schwierigkeiten, aber es ist sehr anstrengend, über Stunden neben einer Hauptverkehrsstraße herzulaufen und meine Füße mögen den Asphalt auch nicht. Es ist schon sehr früh sehr warm, aber der Wind weht eine kühle Brise und so lässt es sich aushalten.

Nun sind ganz neue Menschen auf dem Weg. Es gibt Pilger, mit denen wechselt man kein einziges Wort, dennoch sind sie eine Art Wegbegleiter. „Zeig mir deinen Rucksack und ich sag′ Dir, wo ich Dich getroffen habe." Tatsächlich sind mir manche Personen einfach nur bekannt oder vertraut, weil ich immer wieder ihren Rucksack vor mir in meinem Blickfeld hatte. Das ist heute anders. Ein wenig ist es so, als wenn ein Bus angehalten und einmal die Pilger ausgetauscht hätte. Viele sehe ich zum ersten Mal und spätestens in einem kurzen Gespräch erfahre ich dann, dass sie gerade ihren ersten Tag unterwegs und eben heute erst in León gestartet sind. Die Frage erübrigt sich auch in vielen Fällen, denn die blitzblanken Schuhe, staubfreien Hosen und sauberen Rucksäcke erklären es wortlos. Und dann gibt es aber auch noch jene Pilger, die wie aus dem Nichts plötzlich hergekommen zu sein scheinen, die ungefähr zur gleichen Zeit wie ich in Burgos gestartet sind und denen ich noch kein ein-

ziges Mal begegnet bin. So wird es jedenfalls nie langweilig auf dem Weg.

Es wird nie langweilig auf dem Weg

In Gedanken gehe ich heute aber schon eine Etappe weiter. Nicht immer gelingt es mir, einfach alles auf mich zukommen zu lassen. Morgen wird ein ganz besonderer Tag, denn morgen erreiche ich Astorga. Die kleine Stadt ist nicht einfach irgendein Etappenziel für mich. Wenn ich morgen Astorga zu Fuß erreiche, dann bin ich einmal den kompletten Camino Francés gelaufen. Ich wollte ihn immer ganz gehen und jetzt bin ich nur noch eine Tagesreise entfernt. Es fühlt sich sehr komisch an. Wie wird es wohl sein, wenn ich dort ankomme? Ist Astorga das Ziel meiner Reise, der Ort, den ich unbedingt erreichen wollte? Werde ich trotzdem frohen Mutes weitergehen und mich darauf einlassen können, was der Weg mir bietet? Oder ist alles, was danach kommt, nur ein Abspulen alter Erinnerungen, immerhin bin ich das dritte Mal auf den letzten 200 Kilometern unterwegs? Ich kann mir das Ankommen dort nicht vorstellen, kann noch nicht einmal sagen, ob ich mich wirklich darauf freue. Vielleicht ist es gut, dass ich keinerlei Erwartungen habe, so kann ich auch nicht enttäuscht werden. Das ist nämlich auch eins meiner Probleme. Ich stelle mir vor, wie etwas sein wird oder sein könnte, *habe* *Erwartungen an andere, aber eben auch an mich selbst und verliere mich in der Überlegung, welche Erwartungen andere an mich haben und wie ich sie erfüllen könnte.* Einen kurzen Gedanken daran zu verlieren, ist nicht das Problem, aber es bringt mich in echte Gewissenskonflikte, wenn ich über unausgesprochene und vielleicht auch falsch eingeschätzte Erwartungen nachdenke und versuche, sie zu erfüllen, obwohl es gar nicht nötig wäre.

Hier und jetzt geht es mir sehr gut. Ich merke, wie mir die Zeit hier hilft, einfach mal ich selbst sein zu können. Raus aus dem

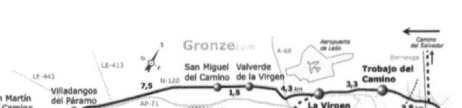

Trott des Alltags, nur die Dinge erledigen, die wirklich wichtig sind: Bett, waschen, essen, schlafen.

Ich merke, wie mir die Zeit hier hilft, einfach mal ich selbst zu sein

---

Spontan haben wir heute an unser ursprüngliches Ziel noch vier Kilometer angehängt und erreichen nach dem Mittag die öffentliche Herberge in ⇨ San Martín. Sie wirkt von außen nicht sehr einladend und auf mich eher wie eine etwas besser ausgestattete Gartenlaube. Auf der Wiese vorm Haus ragen verrostete Eisenstangen Richtung Himmel und dazwischen sind notdürftig Seile als eine Art Wäscheleine gespannt. Die Kunststoffstühle sind verschmutzt und die Farbe ausgeblichen, insgesamt scheint das alles hier schon mal bessere Zeiten erlebt zu haben. Auch der Innenraum löst keine große Begeisterung in mir aus. Die Schlafsäle sind groß, haben hohe Decken, kleine Fenster im oberen Bereich und ich komme mir vor, als wenn ich das Notlager in einer alten Turnhalle betreten habe. Ich suche mir ein Bett, das möglichst nicht direkt an der Wand ist und dessen Matratze einigermaßen ordentlich aussieht. Die Bettwäsche erinnert mich an Großmutters Zeiten und hätte durchaus mal eine Runde Waschmaschine verdient. Für heute kann ich es nicht ändern, es gibt keine guten Alternativen vor Ort. Ich inspiziere mein Bett diesmal besonders gründlich, hebe die Matratze an und schaue in alle möglichen Ritzen, Gott sei Dank ist das Bettgestell aus Metall, trotzdem – ich möchte mein Domizil auf keinen Fall mit irgendwelchem Krabbelvieh teilen. Ein bisschen hat das Bett etwas von Babywiege, denn als ich mich auf meinen Schlafsack lege, habe ich das Gefühl, mit meinem Gesäß fast auf dem Boden zu liegen, während Füße und Kopf in angenehm erhöhter Position verweilen. Das kann ja eine heitere Nacht werden.

Zum ersten Mal begegne ich diesmal einem unfreundlichen Pilger. In der Steckdosenleiste ist kein Platz mehr, um mein Handy aufzuladen. Für solche Fälle habe ich vorgesorgt und einen Mehrfachstecker dabei. Ich ziehe also einen Stecker, füge die Mehrfachdose ein und stecke das fremde und mein Ladekabel in meinen Adapter. Nun ist sogar noch Platz für einen weiteren Stecker. Völlig überrumpelt werde ich dann allerdings von einem Pilger. Ziemlich wütend und aggressiv mault er mich an, er spricht so schnell, dass ich kein einziges Wort verstehe, was auch nicht nötig ist, denn seine Körpersprache signalisiert mir eindeutig die Stimmung. Hilflos versuche ich ihm mit meinem gebrochenen spanisch und ein paar Brocken englisch zu erklären, was ich gerade gemacht habe, aber er ist so in Fahrt, dass er weder versucht mich zu verstehen noch sich zu beruhigen. Für einen Moment habe ich richtig Angst. Plötzlich steht Gabriel neben mir. Er hatte die Situation von seinem Bett aus beobachtet. Er fragt mich ruhig, ob es irgendein Problem gäbe. Es braucht nicht viele Worte, denn er hat verstanden (und wahrscheinlich auch gesehen), was ich gerade gemacht habe. Der Mann ist immer noch wütend und flucht auf spanisch. Gabriel stellt sich leicht zwischen uns und sagt ein paar schnelle Sätze zu dem Mann, der daraufhin sein Handy von der Ladung nimmt und wortlos den Raum verlässt. Gabriel nickt mir zu und lächelt und ich bedanke mich bei ihm.

Am Abend gehen wir in die Messe. Eigentlich sollte sie um 19 Uhr sein, aber auch 10 Minuten vorher ist das Tor verschlossen und niemand in Sicht. Es vergehen weitere zwei Minuten, bis schließlich ein Auto vorfährt und unmittelbar vor der Kirche parkt. Fröhlich beschwingt steigt ein Priester aus, begrüßt alle Umstehenden flüchtig, schließt zügig die Tür auf und geht in eine kleine Nische neben dem Eingang. Da ich neugierig bin, werfe ich einen Blick dorthin und schmunzle, denn eine Sekunde später ertönt die Glocke. Ich habe es eher immer so für eine Geschichte aus alten Zeiten gehalten, wenn jemand erzählte,

dass man früher zur Kirche gegangen ist, wenn die Glocken läuteten, aber hier ist es Realität. So wie der letzte Schlag vorüber ist, strömen die Menschen in die Kirche. Den ganzen Nachmittag

---

wie eine Geschichte aus alten Zeiten -
man ging zur Kirche, wenn die Glocken läuteten, hier ist es Realität

---

habe ich kaum Einheimische irgendwo gesehen, aber nun ist die Kirche binnen weniger Minuten mit etwa 40-50 Personen gefüllt.

In dieser Nacht weiß ich es zum ersten Mal zu schätzen, dass mein Schlafsack eine Kapuze besitzt. Aus lauter Angst, von Mücken, Bettwanzen, Spinnen oder sonstigem Viehzeug heimgesucht zu werden, ziehe ich den Reißverschluss bis obenhin zu und das Band der Kapuze zusammen, nur noch mein Gesicht schaut raus. Eine Schutzmaßnahme mit Erfolg, wie ich in den nächsten Tagen mit Erleichterung feststellen werde.

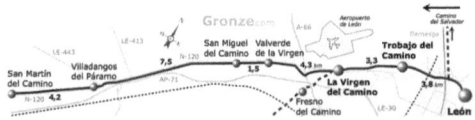

10

Ich glaube nicht an Zufälle

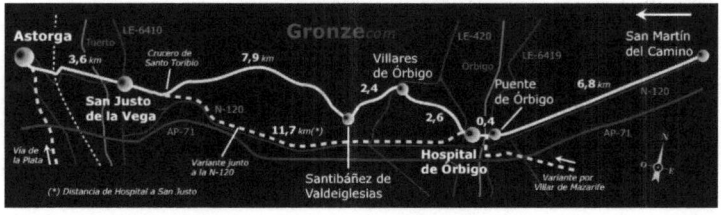

Ich glaube nicht an Zufälle

Der Morgen beginnt wie jeder andere Tag auch, obwohl heute ein ganz besonderer Tag ist. Wenn ich mein heutiges Tagesziel erreicht habe, werde ich nun einmal den kompletten Camino Francés gegangen sein. Es ist ein ganz merkwürdiges Gefühl, das sich in mir breit macht. Zum einen ist dort die Vorfreude, anzukommen, etwas zu Ende zu bringen, ein Ziel erreicht zu haben. Gleichzeitig mischt sich ein wenig Wehmut dazwischen, weil damit auch etwas zu Ende geht. Nicht die Freundschaften, die ich inzwischen hier geschlossen habe, vielmehr ist es die Sorge, dass so etwas wie ein großes Abenteuer zu Ende geht, weil ich den Weg, der nun folgen wird, schon kenne und ihn mehr als einmal gegangen bin. Immer wieder kommen diese Gedanken in mir hoch, und immer wieder versuche ich auch, ihnen gar nicht so viel Beachtung zu schenken, sondern dieses letzte, unbekannte Wegstück zu genießen. Der Weg ist recht eintönig, es geht entlang an Wiesen und durch kleine Wäldchen und bietet dem Auge wenig Unbekanntes oder Besonderes. Ich hänge meinen Gedanken nach und ab und zu gelingt es mir auch, diese zum Schweigen zu bringen. Ich gehe meinen Weg, Schritt für

HOSPITAL DE ÓRBIGO

Ich gehe meinen Weg, Schritt für Schritt,
mit einem klaren Ziel vor Augen

Schritt, mit einem klaren Ziel vor Augen. Heute scheine ich allein unterwegs zu sein. Ich treffe zwar immer wieder die bekann-

VILLARES DE ÓRBIGO

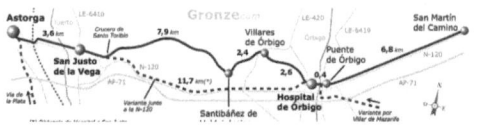

AUF DEM WEG

ten Gesichter und es sind auch Pilger um mich herum, dennoch ist es heute ganz allein mein Weg, meine Sache. Manchmal gibt es einfach Dinge, die muss man alleine tun, so kommt es mir zumindest vor. Ich bin vor zwei Jahren alleine in Astorga gestartet und nun möchte ich auch alleine ankommen. Vielleicht, weil sich die große Angst von damals so sehr eingeprägt hat, und ich nun erkenne, dass ich aus dieser Angst herausgewachsen bin. Eine gute Erkenntnis! Angst ist ja grundsätzlich erstmal nichts Schlechtes, aber wenn sie zu groß wird und zu viel Macht bekommt, kann sie lähmen. Ich bin sehr dankbar für all den Mut, den man mir zugesprochen hat, als ich Angst hatte, ein paar Tage allein zu gehen. Es brauchte eine große Portion Sicherheiten, bis ich mich wirklich darauf

Angst ist nichts Schlechtes, wenn sie zu groß wird, kann sie lähmen
ich erkenne nun, ich bin aus ihr herausgewachsen

LA CASA DE LOS DIOSES

einlassen konnte. Und jetzt, heute, hier in diesem Moment, bin ich so glücklich, es getan zu haben.

Der Weg durch den lichten Wald wird breiter und als ich die kurze Anhöhe überwunden habe, entdecke ich eine kleine Oase am Wegesrand. La Casa de los Dioses – es scheint ein Ableger des Paradieses zu sein. Vor einem kleinen, alten Steinhaus hat jemand liebevoll einen Ort zum Ver-

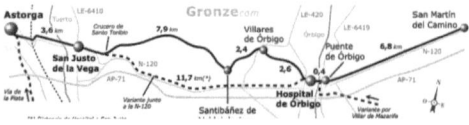

weilen eingerichtet. Liegestühle laden zum Ausruhen ein, bunte Tücher geben Schutz vor der Sonne, sanfte Musik erfüllt die Luft und man bekommt sogleich gute Laune, wenn man sie bisher noch nicht hat. Gegen eine Spende stehen frischer Kaffee und gekühlte Säfte bereit, frisches Obst und selbstgebackenes Brot mit Honig möchten den Pilger für den weiteren Weg stärken. Ich suche mir ein freies Plätzchen am Wegrand, genieße meinen Kaffee und beobachte die anderen Menschen, die vorbeieilen oder auch einen Moment rasten. Binnen kurzer Zeit bekomme ich dabei einen Einblick in viele Facetten der Menschen. Manche schenken diesem Ort gar keine Beachtung, andere wiederum halten nur kurz an, man begrüßt sich, verabschiedet sich, trinkt einen Schluck, nascht ein Stückchen Obst, wirklich Ruhe für eine Pause finden die wenigsten. Dabei ist es noch früh am Tag und Astorga (wo viele einkehren werden) in greifbarer Nähe.  Viele sind begeistert von dieser Oase, lassen sich den liebevollen Stempel in ihren Pilgerausweis drücken, schenken dem Hausherrn und den anderen Pilgern ein paar nette Worte, wertschätzen die Liebe und die Mühe, die man sich hier gibt und

---

Viele wertschätzen die Liebe und die Mühe, die man sich hier gibt

---

honorieren es mit einer kleinen Spende. Ein wenig fassungslos und traurig macht mich dafür umso mehr, dass es auch andere Leute gibt. Während ich dort sitze und verweile, kommt ein Deutscher angehetzt. Man sieht ihm an, dass er es sehr eilig hat, er wirkt nicht wie ein Pilger, sondern eher wie jemand, der auf der Flucht ist. Er verkörpert das Bild des betriebsamen Managers, der von Termin zu Termin eilt, Entscheidungen trifft und dabei nur auf den nächsten erfolgreichen Vertragsabschluss aus ist. Größtmöglicher Erfolg, beste Rendite, mit dem geringsten Aufwand und ohne Rücksicht auf Verluste. Das mag Schubladendenken sein, doch diese Dinge kommen mir bei dem Anblick und dem Verhalten in den Sinn. Er macht sich gar nicht

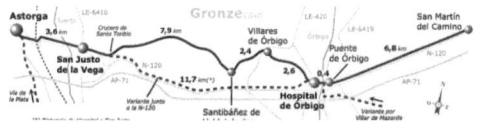

die Mühe, seinen offensichtlich sehr schwer beladenen Rucksack abzusetzen. Stattdessen drängelt er sich zwischen die Menschen, die sich gerade ein kühles Getränk einschenken möchten.
Er nimmt sich eine große Flasche Saft, setzt sich auf einen Stein
und trinkt sie in wenigen Zügen komplett leer. Anschließend
wischt er sich mit seiner Hand den Mund ab und setzt seinen
Weg fort, ohne dem kleinen Glas mit der Aufschrift „Donativa"
Beachtung zu schenken. Auch das gibt es hier, wenn auch selten,
Menschen, die nur auf ihr eigenes Wohl und ihre eigenen Inte-
ressen bedacht sind.

Wobei das eine Verurteilung meinerseits und damit auch nicht
sonderlich christlich ist. Denn vielleicht hatte er auch Gründe
für sein Handeln, die ich nicht kenne und auch nicht hinterfragt
habe. Es ist nur das, was ich von außen beobachtet habe und
nicht immer ist alles so, wie es auf den ersten Blick scheint.

---

eine Verurteilung meinerseits
nicht immer ist alles so, wie es auf den ersten Blick scheint

---

Ich könnte hier noch einige Zeit verweilen, vor allem weil nach
und nach immer wieder Bekannte eintrudeln, aber so langsam
muss ich mich wieder auf den Weg machen. Ich verabschiede
mich, setzte meinen Rucksack auf und ziehe los. Es ist komisch,
denn ich fühle mich nun so, als wenn ich die letzte Pause vor
Santiago eingelegt hätte, der letzte Halt vorm Ankommen. Ich
spüre ein wenig Aufregung, Spannung, gleichzeitig aber auch
Freude, bald das Ziel erreicht zu haben – dabei liegen noch gut
250 Kilometer bis zum Grab des Heiligen Jakobus vor mir.

ASTORGA

Nur ein kurzes Stück später erreiche
die Stelle, an der man von oben auf ⇨
Astorga hinabblicken kann. Es ist ein
herrlicher Ausblick, auch wenn es mir
vorkommt, als wenn ich auf eine Groß-

stadt sehe. So schnell gewöhne ich mich hier offensichtlich an die Natur und den Anblick von Wiesen und Wäldern. Da liegt es also: Astorga – mein heutiges Tagesziel. Das Ende des Weges, des Unbekannten. Wie wird es wohl gleich sein, wenn ich die Stadt erreiche? Ich werde einmal zu der Herberge vom ersten Mal gehen; auch wenn ich dort nicht übernachte, so ist dies der Ort, an dem mein Weg vollendet ist. Dann bin ich wirklich einmal den ganzen Camino Francés zu Fuß gelaufen.

Eine Weile geht es bergab, bis ich die ersten Häuser der Stadt erreiche. Inzwischen ist es aufgeklart und die Sonne wärmt die Luft ordentlich an. Es ist Mittagszeit. An der ersten geöffneten Bar gönne ich mir eine eisgekühlte Cola

ASTORGA

Zero, nehme mir aber nicht die Zeit, mich hinzusetzten und zu verweilen. Ich möchte ankommen und mich nicht mehr unnötig aufhalten. Ich gehe zügig voran, ohne die Straßen wirklich wahrzunehmen, es ist fast wie ein Magnet, der mich zum Ziel ziehen möchte. Ein Fuß vor den anderen, in meinem Tempo, meinem Rhythmus. Am Bahnhof treffe ich kurz auf die argentinische Familie. Sie ist mit zwei Kleinkindern unterwegs und auch in Burgos gestartet. Sie grüßen freundlich, wir wechseln ein paar Worte und die Kinder lachen fröhlich. Ich habe sehr viel Respekt vor ihnen. Sie schieben die Kinder im Wagen und tragen ihr Gepäck bei sich, wann immer man ihnen begegnet, strahlen sie Fröhlichkeit und gute Laune aus. Die Strapazen des Weges sind ihnen nicht anzumerken, obwohl es mit Sicherheit für sie noch um einiges anstrengender sein muss. Ich überquere dank einer sehr merkwürdigen

ASTORGA

Zickzack-Konstruktion die Schienen und halte nochmal kurz inne. Ein letzter kleiner Hügel und ich habe es geschafft. Ich atme einmal tief durch – Berge mag ich noch immer nicht - und dann gehe ich los. Die Straße ist sehr steil und der Gehweg sehr eng, doch macht es mir diesmal nichts aus. Ich gehe einfach.

Als ich oben angekommen bin, drehe ich mich um und meine Augen füllen sich mit Tränen. Nicht nur, dass ich es nun endlich geschafft habe, der Weg hat mich auch direkt zu der Unterkunft geführt, in der ich vor zwei Jahren mein „großes" Abenteuer begonnen habe. Es ist schwer, diese Gefühle, die mich in diesem Augenblick überrollen, in Worte zu fassen. Ich bin sehr glücklich, ein wenig stolz und eine Menge Erinnerungen brechen nun zu mir durch, als wenn sie nur auf diesen einen Moment gewartet haben. Als ich einchecke, laufen mir Tränen über die Wangen.

Ich bin sehr glücklich, ein wenig stolz. Tränen laufen mir über die Wangen Beim ersten Mal hier war das auch so, aber vor Angst

Beim ersten Mal hier war das auch so. Damals war es aber keine tiefe Freude, wie ich sie jetzt empfinde, sondern sehr viel Angst und Unsicherheit. Für einen Augenblick flammt die Situation wieder auf. Ich hatte Klaus aus Schwaben getroffen. Er hatte offensichtlich erkannt, dass ich Deutsche bin, hatte ohne Punkt und Komma auf mich eingeredet, mich auf das spirituelle Angebot in der nahegelegenen Kapelle aufmerksam gemacht und mich zu einem einfachen Abendessen eingeladen. Ich war von dem Ganzen so überfordert gewesen, so voller Angst und Zweifel, dass ich nicht den Mut hatte, eine Grenze zu setzen. Die ganze Andacht über hatte ich darüber nachgedacht, wie

ich das mit dem Essen nun regeln könnte, ich fand es einfach schräg. Eigentlich wäre ich gerne erst mal angekommen und für mich allein geblieben, aber statt direkt dankend abzulehnen, hatte ich weder zu noch abgesagt und ich fand es nun auch sehr unhöflich, ihm einfach aus dem Weg zu gehen. Also war ich zu ihm in die Küche gegangen. Er hatte Eier gebraten, dazu gab es Tomaten und Thunfisch. Wir hatten uns gemeinsam an einen Tisch gesetzt und ich weiß noch sehr gut, dass ich diese einfache Mahlzeit als ein Festessen empfunden hatte. Er hatte mir erzählt, dass er schwer krebskrank sei, aber trotz anderer Meinung seiner Ärzte erst den Camino gehen wollte, ehe er sich behandeln lässt. Er hatte einfach Sorge, dass er es später nicht mehr hätte machen können. Er berichtete von seinem bisherigen Weg und erzählte mir, wie es ihm unterwegs ergangen war, wie ihm z.B. junge Spanier selbstlos geholfen und ihn ein Stück gefahren hatten, obwohl sie eigentlich in die andere Richtung unterwegs gewesen waren. Es waren diese Geschichten, die eben der Jakobsweg schreibt, sie zeugten von Nächstenliebe und Wärme, ich war sehr angerührt. Als er mir schließlich sagte, dass er den Weg unbedingt allein hatte gehen wollen und jegliche Gesellschaft abgelehnt hatte, brachen bei mir alle Dämme. Da saßen

wir nun: er, der unbedingt allein sein wollte und ich, die so große Angst davor hatte, allein sein zu müssen. *Ich glaube nicht an Zufälle!*

Es blieb bei dieser Begegnung. Klaus wollte in den nächsten Tagen eine Auszeit in einem Kloster nehmen, konnte nur kürzere Etappen gehen und somit war klar, dass wir uns nicht weiter sehen werden. Ich habe später immer wieder an diesen Abend denken müssen und immer wieder auch diese Geschichte erzählt, wenn mich jemand fragte, ob man einsam und allein auf dem Weg ist. Ob er sein Ziel erreicht hatte, konnte ich nicht mehr in Erfahrung bringen. Aufgrund der Schwere seiner Erkrankung und seines Alters, habe ich immer etwas traurig an ihn denken müssen und bin davon ausgegangen, dass er mittlerweile leider verstorben ist. Vier Jahre vergingen, bis ich diese

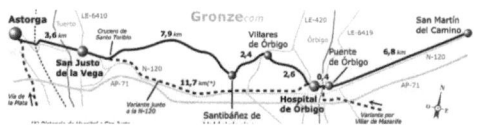

Geschichte während einer anderen Pilgertour einem Bekannten erzählte. Als ich schon fast vergessen hatte, dass wir darüber gesprochen hatten, fragte er mich eines Tages, ob ich mich noch an den kranken Pilger erinnern könne und wie sein Name war. Ich hatte ihm den Namen genannt und niemals werde ich seinen Gesichtsausdruck anschließend vergessen. Er fragte, ob ich mir ganz sicher sei und ich schaute extra nochmal in mein Tagebuch von damals. Dann sagte er: ich glaube ich kenne Klaus. Mir stockte der Atem und wahrscheinlich entgleiste mir daraufhin die gesamte Mimik. Er hatte Klaus in einem Kloster kennengelernt, und bei einer Tasse Kaffee hatte Klaus seine Geschichte erzählt, die meinem Freund aber nur zu bekannt vorkam. Tatsächlich war es die gleiche Person. Er ist immer noch schwer krank, aber nicht verstorben, und ist damals tatsächlich auch in Santiago angekommen. Gibt es Zufälle? Wie hoch ist die Wahrscheinlichkeit, dass zwei Menschen aus einer Stadt unabhängig voneinander den gleichen Mann in Spanien und einer fremden Stadt in Deutschland treffen? Ich glaube, die Quote ist nicht höher als bei den Lottozahlen, aber für Gott ist nichts unmöglich.

BISCHOFSPALAST

Heute bin ich sehr energiegeladen und möchte unbedingt die Zeit nutzen, um mir die Stadt ein wenig anzusehen. Der Weg zur Kathedrale führte mich vorbei an dem tollen Bischofspalast. Er wurde zwischen 1887 und 1914 erbaut und trägt die Handschrift von Gaudí, der aber nach der ersten Bauphase nicht mehr an der Planung und Fertigstellung mitwirkte. Das ganze Gebäude erinnert mich ein wenig an eine Mischung aus Dracula-Schloss und Dornröschen und wirkt ähnlich verspielt wie die Pläne der Sagrada Família. Ich mag den Stil von Gaudí sehr. Interessant finde ich auch die Tatsache, dass es zwar als Sitz des Bischofs gedacht war, aber niemals ein Bischof dort residierte. Immer wieder stand das Gebäude leer oder wur-

de für andere Zwecke genutzt wie z.B. als Hauptquartier des Militärs zu Zeiten des zweiten Weltkrieges. 1963 wurde dort ein Jakobsweg-Museum eingerichtet und wird seitdem auch nur als Museum genutzt.

Da meine Zeit auf diesen Nachmittag begrenzt ist, entscheide ich mich gegen das Museum und für einen Besuch in der Kathedrale.

Anschließend besuche ich noch die kleine Kapelle, in der ich bereits vor zwei Jahren zur Andacht war. Dort hat man sich ganz der Emmaus-Geschichte gewidmet, was direkt ins Auge fällt, sobald man den Kirchenraum betritt.

KATHEDRALE VON ASTORGA

Zu Hause hatte ich mich im Rahmen eines Glaubenskurses einmal intensiv mit der Geschichte auseinandergesetzt, und sie war mir auch in anderen Zusammenhängen mehrfach begegnet, so oft, dass ich manchmal innerlich das Auge verdreht hatte, wenn sie wieder Thema wurde. Aber ich erinnere mich noch gut, wie dankbar ich damals war, als ich ganz allein und voller Angst diese kleine Kirche betreten und die Geschichte gehört hatte. Es hatte mir ein vertrautes Gefühl gegeben und mir geholfen, an diesem Abend erstmal anzukommen. Den kleinen gelben Papierpfeil, den jeder Pilger am Ende erhalten hatte, habe ich bis heute zwischen meinem Pilgerausweis liegen.

ANGEKOMMEN IN ASTORGA

11

Herz und Sinne für Ihn öffnen

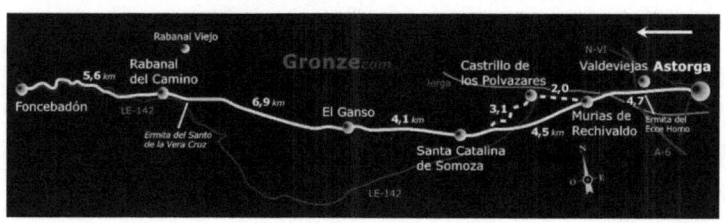

Unser Herz und unsere Sinne für Ihn öffnen

Leichtigkeit ist das Schlagwort an diesem Morgen, als ich die Herberge verlasse. Den nun folgenden Weg bin ich bereits einmal gegangen. Ich weiß noch genau, wie groß meine Angst war. Zwar hatte ich ohne Schwierigkeiten Begleiter gefunden, aber die Angst hatte mir immer im Nacken gesessen. Alleine unterwegs sein zu müssen, was ist, wenn ich nicht mehr kann? Wenn ich mich verletzte? Mich verlaufe? Ich merkwürdige Leute treffe, mich unwohl fühle? Was ist, wenn das Schicksal es einfach nicht gut mit mir meint? Der Weg und die Erfahrungen haben mir gezeigt, dass man auf dem Camino nicht alleine ist, außer man möchte unbedingt ohne Gesellschaft unterwegs sein. Man

---

Man ist auf dem Camino nicht alleine - außer man möchte unbedingt

---

muss einfach ein wenig darauf vertrauen, dass der liebe Gott es schon fügen wird – Er tut nichts anderes! Er stellt einem Menschen zur Seite, wenn die Einsamkeit quält, einen schattigen Platz zum Verschnaufen, wenn die Hitze zu groß und der Weg zu lang wird und lenkt den Blick auf jeden noch so kleinen, versteckten Pfeil, damit man nicht vom Weg abkommt. *Wir müssen nur unser Herz und unsere Sinne für Ihn öffnen, dann können wir Ihn überall erkennen.* Es ist nicht unbedingt ein Wunschkonzert, und darum geschieht nicht immer alles genau so, wie wir es uns vorgestellt haben, aber – und davon bin ich überzeugt, das glaube und darauf vertraue ich – am Ende wird es gut werden. Und so laufe ich beschwingt durch ein Meer von Farn, immer wieder leicht bergauf, durch schattige Wäldchen und vorbei an Büscheln von Heidekraut. Ich mag immer noch keine Berge, zumindest nicht, wenn ich sie hoch laufen muss, aber es geht dieses Mal viel, viel leichter. Vielleicht habe ich auch einfach weniger Ballast mit mir zu tragen. Damit meine ich nicht das Gewicht meines Rucksacks. Der schmiegt sich weiterhin an meinen

AUF DEM WEG

Rücken wie ein kleines Baby und macht keinen nennenswerten Unterschied, ob er nun ein Kilo mehr oder weniger wiegt. Es gibt Dinge, die schwer zu tragen sind, auch wenn sie auf der Waage die Nadel nicht bewegen bzw. bei einem digitalen Gerät zu keiner Anzeige führen; die uns (nicht nur) sprichwörtlich das Leben schwer machen. Jeder Mensch ist anders und darum ist dieses Gewicht auch ganz individuell.

Meine Ängste und Depressionen waren so ein Gewicht und vielleicht sind sie es heute auch noch manchmal. Ängste sind ja

---

Ängste und Depressionen waren ein Gewicht - manchmal auch heute

---

grundsätzlich nichts schlechtes. Sie können uns zum Schutz vor Gefahren werden und bewahren uns vor so mancher Dummheit. Wenn sie allerdings überhand nehmen und in allem und jedem entdeckt werden wollen, dann können sie behindern, lähmen und zu einer schweren Last werden. Und dieses Gewicht habe ich sehr lange Zeit mit mir getragen. Heute weiß ich, warum ich diese krankhaften Ängste hatte, und kann damit umgehen, aber es war ein längerer Prozess. An einigen Stellen ist die große Angst einfach ganz von allein verschwunden, ohne sich zu verabschieden oder dass eine bewusste Entscheidung voranging. Woanders brauchte es etwas Mut, um sie zu überwinden. Ich erinnere mich noch gut, wie ich im Bus vom Flughafen Madrid nach Astorga saß und glatte vier Stunden nochmal durchgekaut habe, ob ich es wagen kann, allein ein Stück des Weges zu gehen. Eine lange Zeit, in der ich Pro und Contra genauestens unter die Lupe genommen habe – wie in den Wochen davor auch bereits.

Ich hatte ein Sicherheitsnetz erster Klasse, für jede Eventualität eine individuelle Lösung und trotzdem Angst. Vor dem ersten Schritt, vor dem Unbekannten, vor allem und jedem, ja vielleicht sogar vor mir selbst. Tränenreich hatte ich schließlich den ersten Schritt gewagt, und es war eine meiner besten Entscheidungen, die ich seit langer Zeit getroffen hatte.

Tränenreich hatte ich den ersten Schritt gewagt - eine meiner besten Entscheidungen

---

Mit diesen Gedanken gehe ich nun meinen Weg, passiere den Abzweig zu dem kleinen Dorf ⇨ Castrillo de los Palvazores, das angeblich so wunderschön sein soll. Vor zwei Jahren hatte ich diesen Umweg von knapp zwei Kilometern auf mich genommen, war durch ein kleines typisch spanisches Dorf gewandert. Ich hatte mich dort nicht wohl gefühlt, ohne dass ich hätte sagen können warum. Es war sauber

CASTRILLO DE LOS PALVAZORES

und ordentlich, die Häuser waren nett hergerichtet, aber es war keine Menschenseele zu sehen. Ich fand es ziemlich unheimlich, auch wenn die äußeren Umstände dazu gar keinen Anlass geben konnten. Erst ein paar Wochen später, als ich längst wieder zu Hause war, las ich, dass eine Amerikanerin genau diesen Abzweig auch gewählt hatte, hinter dem Dorf falsch abgebogen und umgebracht worden war. Zu der Zeit, als ich unterwegs war, galt sie noch als vermisst. Den weiblichen Pilgern riet man bereits in Astorga, die nächsten Etappen lieber gemeinsam zu gehen. Mir hatte die Vermisste eine Menge Stress in meinem Kopf gemacht, weil ich mir alle möglichen Szenarien ausgemalt hatte, die hätten passiert sein können. Um überhaupt alleine starten zu können, hatte ich mich mit dem Gedanken angefreundet, dass sie vielleicht einfach verschwinden wollte. Das gibt's ja immer wieder, dass Menschen einen ganz neuen Anfang wagen wollen

und plötzlich aus ihrem gewohnten Umfeld, auch für immer, verschwinden. Es ist nicht die schlechteste Lösung, dafür einen ganz anderen Kontinent zu wählen. Leider stellte sich heraus, dass sie Opfer eines Verbrechens geworden war, der Mörder war gefasst worden, zurück blieb die traurige Gewissheit, dass das Böse auch am Jakobsweg keinen Halt macht.

Ursprünglich wollte ich diesem gruseligen Gefühl von vor zwei Jahren etwas entgegensetzen und bewusst durch das Dorf gehen, um die Schönheit vielleicht doch noch zu entdecken und die Erinnerungen zu übermalen. Aber heute treffe ich eine andere Entscheidung. Die Geschichte habe ich abgehakt und es gibt gar keinen Grund, einen Umweg in Kauf zu nehmen. Und so denke ich kurz an die Amerikanerin, spreche in Gedanken ein Gebet für sie und gehe leichten Schrittes, am Abzweig vorbei, den direkten Weg meinem Ziel entgegen.

COWBOYBAR EL GANZO

Was ein herrlicher Tag heute! Ich genieße die Natur, die Sonne, den Weg und die Menschen. Bis zu jenem Moment, als mir Dori bei einer kleinen Pause DIE Frage stellt: „Kannst Du mal schauen? Ich habe hier so viele Mückenstiche. Hast du das schon mal gesehen?" Alle meine Alarmglocken fangen an zu läuten, ich ahne Böses und ein Blick auf die Stiche, die wie eine einzelne Linie am Bein entlang ver-

---

Dori stellt mir DIE Frage - ich ahne Böses: Bettwanzen

---

laufen, verschafft mir die Gewissheit: Bettwanzen! Es gibt viele Dinge, die unvorhersehbar unterwegs eintreten können, aber von Bettwanzen heimgesucht zu werden, ist mit Abstand das Aufwendigste. Dori ist sichtlich geschockt. „Woher kann ich die

denn bekommen haben?". Wir denken kurz nach und machen dann die Herberge vor zwei Tagen als Übeltäter aus. Dort war es nicht sonderlich sauber und ich hatte mich aus lauter Angst vor ungebetenen Krabbelgästen komplett in meinen Schlafsack eingehüllt. Ändern können wir es nun nicht, aber wir planen ein, dass der Nachmittag für's Wäsche waschen drauf geht.

Meine gute Laune kann mir das heute trotzdem nicht verderben und so gehe ich fröhlich weiter. Wir passieren ➡ Rabanal del Camino, wo ich zwei Jahre zuvor meine erste Tagesetappe beendet hatte. Der Weg führt nun stetig bergauf und die Sonne brennt ungebremst auf uns nieder. Hatte ich vor nicht mal zwei Wochen noch Hemmungen, eine Kopfbedeckung zu tragen, weil es vielleicht nicht so nett aussieht, ist mein Buff mir mittlerweile zu einem treuen Sonnenschutz geworden. Jede Gelegenheit nutze ich, um ihn mit kaltem Wasser anzufeuchten und dann als Mütze auf meinem Kopf zu tragen. So lässt es sich aushalten.

Kurz bevor wir ➡ Foncebadón erreichen, sehe ich plötzlich, dass in einiger Entfernung ein Mann auf der Straße steht und kräftig winkt. Als wir näher kommen, erkenne ich Gabriel. Er hatte auf uns gewartet, begrüßt uns nun freudestrahlend und weist uns den Weg zur kleinen kirchlichen Herberge. Leider ist dort bereits alles belegt, aber wir finden ein Bett in einer nahegelegenen Unterkunft. Die Sorge, vielleicht mal keine Möglichkeit zum Übernachten zu finden, habe ich inzwischen abgelegt und reserviere keine Betten mehr vor. Im Freien musste ich dadurch noch nicht schlafen.

Die Zeit am Nachmittag ist tatsächlich erfüllt von Bettwanzen-Prävention. Auch wenn ich überhaupt keine Stiche hatte, habe ich vorsorglich alle Sachen und sämtliche Nähte, Reißverschlüsse und sonstige möglichen Verstecke an meinem Rucksack kontrolliert. Gott sei Dank! Mich hat es nicht erwischt.

Dori hingegen wirft mehrere Maschinen Wäsche an und hofft, dass alles in der Sonne noch trocknet.

Heute Abend feiern wir gemeinsam Messe in der kleinen Kapelle. Sie ist bis auf den Platz besetzt. Es ist wunderschön. Diesmal haben wir uns noch etwas besonderes überlegt und ein Lied gefunden, dessen Strophen in unterschiedlichen Sprachen geschrieben wurden. Eine Lesung auf deutsch, eine auf spanisch, die Predigt auf spanisch und englisch und ein Lied inklusive einer italienischen Strophe, wir sind zu einer internationalen Gemeinde zusammengewachsen.

Wieder neigt sich ein toller Tag dem Ende und ich bedauere ein wenig, dass ich viel zu wenig meine Gedanken des Weges aufschreibe. Vielmehr noch würde ich die kleinen Augenblicke festhalten wollen, in denen mir Gott hier begegnet. Ganz lei-

---

Vielmehr noch würde ich die kleinen Augenblicke festhalten wollen, in denen mir Gott hier begegnet

---

se stellt Er sich manchmal neben mich und geht ein Stück des Weges mit. Meinen Schatten habe ich seit einer Weile gar nicht mehr wahrgenommen. Ich freue mich nun auf die nächsten Tage und bin gespannt, was der Weg noch so mit sich bringt.

12

Magische Orte

Magische Orte auf dem Camino

Wintereinbruch! Mitten im August und mitten in Spanien (okay, im Norden Spaniens) zeigt das Thermometer eine Stunde vor Sonnenaufgang fünf Grad an. Zum ersten Mal, seit ich in Burgos losgelaufen bin, friere ich. Nicht nur ein leichtes Frösteln , bei dem eine Strickjacke schon helfen kann, mir ist richtig kalt. Fünf Grad im deutschen Winter bedeuten eine dicke Jacke, Schal, Handschuhe, Fellsohle in den Schuhen und am besten auch noch eine Pudelmütze. Hier heißt es einfach alle T-Shirts anziehen (zwei Stück), Fleecejacke drüber (ich hatte mich auf winterliche Temperaturen nicht eingestellt) und die Hände in den Ärmeln verstecken. Mehr ist nicht möglich. Diesmal trage ich mein Multifunktionstuch wieder als Mütze, aber nicht um mich vor der Sonne zu schützen, sondern um meinen Kopf und meine Ohren wenigstens ein bisschen warm zu halten.

CRUZ DE FERRO

Heute Morgen gehen wir gemeinsam mit einem Teil der „Gemeinde" los. Wir haben ein klares Ziel vor Augen: wenn die Sonne aufgeht, möchten wir das ⇨ Cruz de Ferro, das eiserne Kreuz, erreicht haben. Der Weg führt ein kleines Stück weiter bergauf und ist im Halbdunkel etwas holprig. Wir legen ein beachtliches Tempo an den Tag, was aber wohl nicht nur dem „Zeitdruck" geschuldet ist, rechtzeitig oben sein zu wollen, sondern vielmehr noch den wirklich frostigen Temperaturen. Vorbei an einem langen Zaun, an dem viele selbst gebundene Kreuze angebracht sind, erreichen wir schließlich in der Dämmerung unser erstes Etappenziel. In der Mitte eines großen Steinhügels steht ein großer Baumstamm,

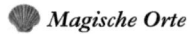

an dessen Ende ein Kreuz angebracht ist und majestätisch in den Himmel ragt.

Es gibt sie immer wieder, *diese magischen Orte auf dem Camino* und die mystischen Momente.

Seit Urzeiten legen Pilger hier einen Stein ab, ursprünglich als Symbol für ihre Sünden und ihre Last, die sie getragen haben. Ich krame kurz im Seitenfach meines Rucksacks und hole meinen kleinen Stein hervor. Er ist aus dem Schwarzwald, genauer gesagt vom Feldberg. Dort hatte ich über Ostern eine Mutter-Kind-Kur gemacht. Die erste Zeit war sehr anstrengend gewesen und ich hatte mit meinen Ängsten zu kämpfen. Es gab wunderschöne Wanderwege, aber manche konnte ich nicht allein gehen, weil mir einfach der Mut fehlte. Mit einem Therapeuten

---

ein Stein als Symbol für die Last, die der Pilger getragen hat
ich beschloss, meinen Stein hier abzulegen

---

hatte ich einen Spaziergang zu einer Stelle unternommen, die mir besonders viel Angst bereitet hatte. Wir hatten das Gefühl dabei etwas nachgespürt und in der folgenden Zeit hatte ich jeden Tag versucht, ein wenig mutiger zu sein. Es war kurz vor der Heimreise, der letzte Schnee war geschmolzen und die Strahlen der Frühlingssonne verbreiteten bereits eine angenehme Wärme, als ich auf den Feldberg hinauf ging. Ich erinnere mich noch genau, wie mulmig mir gewesen war und dass ich zwischenzeitlich mit meinem Mann telefoniert hatte. Schließlich hatte ich den Gipfel erreicht, glücklich, es geschafft und stolz, meine Angst überwunden zu haben. Diese wichtige Erfahrung wollte ich nicht einfach nur so in Erinnerung behalten und daher beschloss ich, einen Stein mitzunehmen und ihn am Cruz de Ferro abzulegen.

Jetzt ist dieser Moment gekommen. Eine Weile halte ich den Stein in meinen Händen und überlege, ob ich ihn wirklich ablegen möchte. Vielleicht sollte ich ihn doch lieber als Erinnerung behalten? Erinnerungen sollten wach gehalten werden, gerade wenn sie einen guten Hintergrund haben. Für mich hat das Ablegen des Steins mehr als nur eine symbolische Bedeutung und mit dem Ablegen möchte ich loslassen von all den Dingen, für die der Stein steht. Ich glaube es ist Fügung, dass ich ausgerechnet gestern noch einige Kilometer über meine Ängste nachgedacht habe. Und dann nehme ich Abschied, so wie ich am Anfang meines Weges beschlossen habe, nicht mehr zurückzuschauen und meinem Schatten nicht so viel Macht zu geben, möchte ich auch einen Teil meiner Ängste loswerden. Ich suche mir eine passende Stelle, lege den Stein ab und halte noch einen Moment inne. Es fühlt sich gut an, befreiend irgendwie.

Kurze Zeit später kommen auch Gabriel und die Jungs an. Er kniet vorm Kreuz nieder und betet in aller Stille. Ich falte meine Hände und bitte Gott, dass er seine Gebete erhört. Anschließend versammeln wir uns alle ums Kreuz, geben uns die Hände und sprechen gemeinsam das Gebet, das uns und alle Menschen auf der Welt miteinander und mit Gott vereint: das Vater Unser, jeder in seiner Muttersprache. Genau in diesem Augenblick bildet sich am Horizont im Osten ein goldfarbenes, hell leuchtendes Band und nur kurze Zeit später lacht uns die Sonne entgegen und verkündet freudestrahlend den Beginn des neuen Tages, kann ein Morgenlob noch schöner sein?

Es fühlt sich an, als wenn der Himmel sich öffnet - Gott ist spürbar nah!

Es fühlt sich an, als wenn der Himmel sich öffnet und Gott direkt zu uns herunterblickt – nein, es ist, als wenn Er gegenwärtig neben uns steht. Er ist spürbar nah!

Die Nähe brauchen wir auch, denn der Rest des Weges führt stetig bergab und ist sehr anstrengend. Über felsige Schotterpisten, vorbei an steilen Abhängen, kommen wir auch durch das kleine Dorf ➪ Riego de Ambrós, in dem ich beim letzten Mal übernachtet habe. Dieser Nachmittag und auch der Abend hätte das Drehbuch eines spannenden Psychothrillers sein können. Die schöne rustikale Herberge entpuppte sich als schmutzige Scheune, in der schon länger niemand mehr übernachtet zu haben schien, Licht in der Schlafkammer und warmes Wasser in einer sauberen Dusche eher ein nicht erfüllbarer Wunschgedanke. Damals war ich mit einer anderen Pilgerin unterwegs, die nicht so gut zu Fuß war und es nicht mehr bis zum nächsten Ort geschafft hätte. Nachdem wir vergeblich versucht hatten, die Missstände etwas beseitigen zu lassen, hatten wir irgendwann ziemlich angenervt beschlossen, uns ein Taxi zum nächsten Dorf in fünf Kilometern Entfernung zu nehmen. „Das macht dann 25,- €" hatte uns der Fahrer garstig entgegen gerufen, ein Wucherpreis für diese Strecke. Wir blieben schließlich in dieser Unterkunft. Von dem Moment an war es, als wenn wir bei allen unseren Schritten und Handlungen beobachtet wurden. Überhaupt hatten wir den Eindruck, dass die ganzen Einwohner dieses Ortes in irgendeiner Form miteinander verwandt oder verschwägert waren. Im Laufe des Nachmittags trafen noch weitere Pilger ein und insgesamt waren wir schließlich zu sechst. Grundsätzlich hätte es sich angeboten, gemeinsam zu kochen, was aber bereits an der fehlenden Einkaufsmöglichkeit und auch der nicht eingerichteten Küche scheiterte. Gemeinsam sind wir stark und so beschlossen wir alle, im örtlichen Gasthof zu essen. Es war ein lustiger Abend, unsere Gruppe bestand aus einem Franzosen, einer Deutschen, die seit 25 Jahren in England lebt, einem Ehepaar aus Québec, einer Australierin und mir. Zunächst waren wir auch die einzigen Gäste in der Bar, aber im Laufe der Zeit kamen die Hüter der Herberge, der Taxifahrer, der Schwager, die Schwester und noch ein paar merkwürdige Gestalten dazu. Sie setzten sich an die Theke, tranken ein paar Bier oder Wein

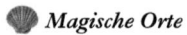

und beäugten uns abwechselnd. Hier war man definitiv nicht allein und auch nicht erwünscht. In meinem Kopf spielten sich verschiedene Szenarien eines Horrorfilms ab, bloß nicht allein irgendwo hingehen und immer in der Gruppe bleiben, ansonsten verschwindet hier nach und nach immer eine Person mehr, die Leiche wird irgendwo verscharrt und weil das ganze Dorf schweigt, kommt die Wahrheit nie ans Licht. Tatsächlich waren wir stets in der Gemeinschaft zusammengeblieben und hatten aufeinander Acht gegeben. Das große Scheunentor hatte sich nicht schließen lassen und so mussten wir alle damit leben, dass hier nachts jemand unbemerkt durchs Haus schleichen könnte. Eine gruselige Vorstellung, die keinen von uns hatte lange schlafen lassen und wir waren auch zusammen am nächsten Morgen noch vor Sonnenaufgang aufgebrochen.

Ich schmunzle ein wenig, während ich mit den Gedanken meines Horrorfilms durch dieses Dörfchen schlendere. Die Herberge wirkt zwar immer noch nicht einladender, aber es gibt an diesem Tag nichts beängstigendes zu entdecken. Die Häuser sind einfach, an manchen Fenstern flattert die Wäsche zum Trocken, bunte Blumen strecken ihre Köpfe der Sonne entgegen, freundliche Einheimische begrüßen jeden vorbeiziehenden Pilger und wünschen ihm einen guten Weg. Wunderbar, so habe ich wieder eine schlechte Erinnerung mit guten Bildern übermalt. Wenn das doch bei allen Dingen so einfach wäre. Von Wintereinbruch

---

Ich hab schlechte Erinnerungen mit guten Bildern übermalt.
Wenn das doch bei allen Dingen so einfach wäre

---

ist inzwischen nichts mehr zu spüren. Es ist heiß geworden und ich bin einmal mehr über jede Gelegenheit dankbar, an der ich meine Kopfbedeckung anfeuchten kann. Ich habe das Gefühl, nun noch aufmerksamer sein zu müssen als zuvor. Der Weg führt über Geröll und Gestein weiter stetig bergab. Es kommt

mir an manchen Stellen so vor, als sei ich nicht auf einem Wanderweg, sondern auf einer Klettertour durchs Gebirge. Schmale Pfade bahnen sich durch die Landschaft, rechts steinige Wände und links ein steiler Abgrund, stolpern darf man hier jedenfalls nicht. Ich bin heilfroh, als ich endlich im Tal angekommen bin.

Über die kleine Brücke hinweg erreiche ich das Zentrum von ⇨ Molinaseca und suche nach einer Möglichkeit, etwas zu Essen und ein kühles Getränk zu bekommen. Heute scheint es besonders heiß zu sein; vielleicht ist es auch der Temperaturunterschied von gut 30 Grad zwischen morgens und jetzt, der es so unerträglich zu machen scheint. Auf einer Parkbank treffe ich dann auch Flo wieder, wir dehnen unsere Siesta

VOR MOLINASECA

noch ein wenig aus und gehen anschließend gemeinsam weiter.

Am frühen Nachmittag erreichen wir ⇨ Ponferrada. Bis zur öffentlichen Herberge legen wir noch mindestens zwei kurze Pausen im Schatten ein, denn die Hitze ist heute fast unerträglich. In unserer Unterkunft herrscht die sommerliche Atmosphäre eines netten Hotels, wie man es sich an der spanischen Küste vorstellen kann. Leise Rhythmen sorgen für gute Laune, bevor man überhaupt das übliche Prozedere des Check-in erledigt hat, bekommen wir schon frisches Obst gereicht, und im Eingangsbereich befindet sich ein toller Fußpool, an dem schon ausgelassene Stimmung herrscht. Hier gefällt es mir gut, zur Anlage gehört außerdem ein schöner großer Garten mit gepflegten Wiesen und kleinen Kieswegen, die zu der Hauskapelle führen. Da ich nun endlich einmal in Ponferrada übernachte und nicht nur starte

FUSSPOOL

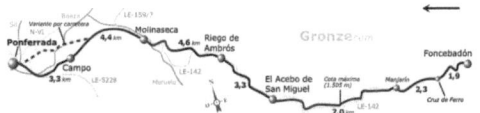

oder durchreise, möchte ich auch unbedingt ein wenig die Stadt ansehen, darum beeilen wir uns mit Duschen und Wäsche machen, um möglichst bald losziehen zu können. Ja, das war dann eine ganz phantastische Idee, nachdem wir heute schon so viele anstrengende Kilometer hinter uns gelassen haben. Wir geben wohl ein jämmerliches Bild ab, dem einen schmerzt der Fuß, dem anderen der Rücken, die Beine sind schwer und wir bewegen uns, als wenn wir gerade erst wieder laufen gelernt hätten. Humpelnd, stolpernd und mit einem gequälten Lächeln im Gesicht erreichen wir nach einer gefühlten Ewigkeit die Temp-

TEMPLERBURG PONFERRADA

lerburg. Ich versuche mir die Schwerfälligkeit nicht anmerken zu lassen und bringe stattdessen meine Freude zum Ausdruck, dass ich sie nun endlich besichtigen kann. An der Kasse begrüßt man uns mit mitfühlenden Blicken, gewährt uns beim Eintritt einen Pilgerrabatt und bietet uns eine Führung an. Diese lehnen wir dankend ab, wir möchten uns einfach nur ein wenig in unserem Tempo umschauen, und eigentlich sind wir uns nach der ersten Kurve schon einig, dass wir alles gesehen haben.

Wir sind uns nach der ersten Kurve einig,
alles gesehen zu haben

Damit es für alle nicht noch anstrengender wird, als es eh schon ist, verständigen wir uns ohne Worte darüber, dass man immer nur jeden zweiten Turm oder Raum ansehen und Fotos machen muss. Die anderen warten jeweils im kühlen Schatten. Obwohl die Templerburg zu den Hauptsehenswürdigkeiten der Stadt gehört, ist es

hier nicht überlaufen, sondern haben sich nur wenige Menschen hierher verirrt. Angesichts der vorherrschenden Temperaturen von annähernd 40 Grad in der Sonne auch kein Wunder. Wer hätte das heute Morgen gedacht. Nach einer guten halben Stunde haben wir alles gesehen und der Kunst genüge getan und humpeln weiter bis zur nächsten Bar. Eine Abkühlung haben wir uns nun wirklich verdient. Die Basilika liegt zufällig ganz in der Nähe und so nutze ich die Gelegenheit und werfe nochmal einen kleinen Blick hinein.

Als wir zurückkommen, wartet Anna auf mich. Sie spricht fließend deutsch, obwohl sie aus Ungarn kommt. An ihrem Blick erkenne ich, dass sie gerade traurig ist. Und so erzählt sie mir, dass sie bisher in allen Messen zur Kommunion gegangen sei, ihr das wichtig ist und sie glaubt, dass Jesus dort gegenwärtig ist. Nun hat ihr eine andere Pilgerin gesagt, sie dürfe es auf keinen Fall, weil sie evangelisch ist. Das macht sie unendlich traurig und außerdem hat sie nun große Sorge, die ganze letzte Zeit etwas völlig falsches getan zu haben. Wir unterhalten uns eine ganze Weile über unseren Glauben und über die Unterschiede zwischen evangelisch und katholisch. Schließlich bittet sie mich, mit Gabriel zu sprechen und ihn zu fragen, ob es nun ganz falsch war und wie sie es weiter handhaben soll. Ich überlege einen Moment, ob ich ihren Wunsch erfüllen kann, mein Spanisch reicht gerade mal, um nach dem Weg zu fragen oder was zu Essen zu bestellen, und sein Englisch ist nicht so gut, als dass wir uns darüber unterhalten könnten. Davon ab,

Unterschiede zwischen evangelisch und katholisch
Im Stillen seufze ich und schicke ein Stoßgebet zum Himmel

meins auch nicht. Ich merke aber, wie wichtig ihr das ist und wie traurig sie der Gedanke macht, ausgeschlossen zu sein und einen großen Fehler begangen zu haben. Im Stillen seufze ich

und schicke ein Stoßgebet zum Himmel, dass Er mir doch bitte helfen möge. Eine Weile später ergibt sich die Gelegenheit mit Gabriel zu sprechen. Ich erkläre ihm die Problematik und wir finden ein Lösung. Das wichtigste an dieser Geschichte ist nicht die theologische Frage, ob nun evangelische Christen auch die Kommunion empfangen können, dürfen oder eben nicht, und wie das im Einzelfall jetzt gelöst wurde, darum schreibe ich das auch nicht auf. Ich habe wieder einmal die Erfahrung gemacht, dass Pfingsten nicht einfach das Fest des Heiligen Geistes ist, das wir jedes Jahr 50 Tage nach Ostern feiern, sondern dass der Geist weht wie Er will. Es ist schon nicht leicht, sich mit diesem Thema in der Muttersprache auseinanderzusetzen, weil es dazu neben klaren Vorgaben auch ganz unterschiedlich persönliche Meinungen gibt. Umso schwieriger wird es, sich so einem Problem anzunähern, wenn man noch nicht einmal eine gemeinsame Sprache hat. Zu Pfingsten gehört die Geschichte, dass alle Völker vom Heiligen Geist erfüllt wurden, und jeder die Sprache des anderen verstehen konnte. Und nichts anderes habe ich (wir) in diesem Gespräch erlebt. Es gab zwischen uns keine Sprachbarriere, sondern den festen Willen, einander zu verstehen und zu helfen. Den Rest hat der Heilige Geist erledigt! Es ist ganz einfach, wir müssen nur alles Gute tun, dass wir leisten können, und dürfen dann darauf vertrauen, dass ER es fügt, zum Guten führen wird.

Es gab keine Sprachbarriere, sondern den festen Willen, einander zu verstehen.
Den Rest hat der Heilige Geist erledigt!

Es war auch nicht das erste Mal, dass ich so etwas erleben durfte. Als ich 2012 den Jakobsweg gegangen bin, habe ich mich eines Tages verlaufen. Statt in einen Wald abzubiegen, bin ich einfach der Straße weiter gefolgt. Es war ein wunderschöner Weg und noch früh am Morgen. Ich hielt an einem Feld inne, weil der Tau noch auf den Halmen zu erkennen war und leichter

Nebel über der Landschaft lag. Damals kam mir eine Zeile aus einem Pfingstlied in den Sinn „ganz überströmt von Glanz und Licht, erhebt die Schöpfung ihr Gesicht" und ich bin seither der festen Überzeugung, dass das Lied genau an dieser Stelle entstanden ist, und wann immer wir es irgendwo singen, habe ich genau dieses Bild vor Augen. Erst im nächsten Dorf machte mich eine alte Dame darauf aufmerksam, dass ich den falschen Weg eingeschlagen hatte. Oh Schreck, dachte ich, was machst du denn nun? Ich ging den Weg zurück, bis ich schließlich vier Spanierinnen traf. Damals konnte ich gar kein Wort spanisch. Trotzdem konnten wir uns darüber verständigen, dass wir auf dem falschen Pfad unterwegs waren. Sie fragten nach dem

VERLAUFEN

Wir unterhielten uns angeregt - ohne dass wir die Sprache des anderen kannten

richtigen Weg und während wir zurück zur Lichtung liefen, unterhielten wir uns angeregt – ohne dass wir die Sprache des anderen kannten.

13

Mein Kopf ist frei

Mein Kopf ist einfach frei

Es läuft, sogar super. Ich bin nun auf der Etappe unterwegs, die damals meine allererste war. Diesmal aber nicht am frühen Nachmittag, sondern in den kühlen Morgenstunden. Es macht die ganze Sache doch wesentlich leichter.

Immer wieder komme ich an Punkten vorbei, die mir von meiner ersten Reise gut in Erinnerung geblieben ist. Da ist zum Beispiel der große Brunnen, der sein Wasser in riesigen Fontänen immer wieder nach oben stößt, hier haben wir damals eine erste willkommene Abkühlung erfahren. Es geht vorbei an kleinen Gärten, Feldern, Weinbergen, unbewohnten Häusern, die

BRUNNEN IN CAMPONARAYA

langsam von der Natur zurückerobert werden und immer wieder auch kleine Dörfer, die sich herausgeputzt haben. Ich habe das Gefühl, über die Piste zu fliegen, als wenn mich nichts und niemand aufhalten könnte. Eine Weile führt der Weg an der Straße entlang, da ist dieses kleine Café auf der linken Seite, dessen Malerei ich begeistert fotografiert hatte – ein Pilger, der ausruht.

HAUSMALEREI

Ich bin sehr glücklich. Die Zeit schreitet voran und die Wärme nimmt zu. Sommer in Spanien. Wie sehr würde ich mich jetzt

Wie sehr würde ich mich jetzt über eine kleine Abkühlung freuen, Wasser, eisgekühlt ...

über eine kleine Abkühlung freuen, etwas Wasser frisch aus dem Brunnen, eisgekühlt. Ich habe diesen Gedanken noch

BAR ARROYO IN PIEROS

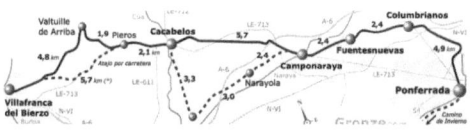

nicht ganz zu Ende gedacht, komme ich an einer schönen Villa vorbei. Das Haus ist weiß gestrichen, der Vorgarten gepflegt und die bunten Blumen sehen aus, als hätte sie extra jemand für mich im Bild platziert. Der Besitzer steht unter einem schattigen Baum und wässert seine Pflanzen mit einem Gartenschlauch. Als er mich erblickt, hält er einen Moment inne, lächelt und wünscht mir einen guten Weg. Ich bleibe ebenfalls kurz stehen, um seinen freundlichen Gruß zu erwidern. Er schaut auf meine leere Flasche (neben meiner Trinkblase habe ich inzwischen immer eine leere Flasche im Rucksack, um mir bei Gelegenheit ein wenig kühles Wasser zapfen zu können und nicht immer alles rauskramen zu müssen) und fragt, ob ich etwas zu Trinken haben möchte. „Dich schickt der Himmel" denke ich mir, hatte

... er fragt, ob ich etwas zu Trinken haben möchte - Dich schickt der Himmel!

ich mir doch vor nicht mal einer Minute ein kühles Getränk gewünscht. Schnell drücke ich ihm meine leere Flasche in die Hand und nach kurzer Zeit bekomme ich sie randvoll mit eisgekühltem Wasser zurück. Ich strahle ihn an, bedanke mich und setze meinen Weg fort. Nur noch ein kurzes Stück und ich muss mich entscheiden, welche Richtung ich einschlagen möchte. Der direkte Weg führt weiter an der Hauptstraße lang, ist aber um einiges kürzer als die Alternativroute. Die Vorstellung allerdings, noch mindestens eine Stunde über den heißen Asphalt zu laufen, macht mir die Entscheidung diesmal sehr leicht und so biege ich rechts auf einen Schotterweg ab, während die anderen dem Hauptweg folgen. Es ist direkt wie in einer anderen Welt, keine Autos mehr, die einen permanent überholen, stickige Abgase, harter Boden und noch mehr Hitze, sondern Untergrund, der sich gut laufen lässt und Stille, die nur von Vogelgezwitscher und dem Klang der Grillen untermalt wird. Herrlich!

Ich treffe nur wenige Pilger, mit denen ich in den letzten Tagen zu tun hatte, irgendwie scheint sich niemand hierher zu verirren. In einem festen Rhythmus setze ich einen Schritt vor den anderen und ertappe mich immer wieder dabei, wie ich nichts

denke. *Mein Kopf ist einfach frei.* Nach einer Weile erblicke ich eine Finca in weiter Ferne. Ich halte kurz an und mache ein Foto, einfach, weil ich es jedes Mal so gemacht habe, außerdem gehört dieses Haus wohl zu den Motiven, die hier am häufigsten fotografiert werden. Es ist auch ein sehr idyllisches Bild, Felder – Finca – Bäume, nichts stört diese Landschaft.

FINCA VOR VILLAFRANCA

Viel schneller als ich gedacht habe, erreiche den Ortseingang von ⇨ Villafranca del Bierzo, dem kleinen Santiago, und werde von bunten Buchstaben willkommen geheißen. Früher bekamen hier Pilger, die krank waren oder wegen irgendwelcher Gebrechen nicht mehr in der Lage waren, den Weg bis zum Grab des heiligen Jakobus fortzusetzen, eine „Gnaden-Compostela" und ihre Sünden wurden ihnen ver-

WILLKOMMEN

geben. Ich übernachte heute in einer der ältesten Herbergen auf dem Weg, die eine lange Geschichte hat und in der angeblich noch der wahre Pilgergeist spürbar sein soll. Luxus darf man hier nicht erwarten, aber danach sehne ich mich auch schon eine ganze Weile nicht mehr. Es ist ein uriges altes Haus mit verschiedenen Schlafsälen und einem nett angelegten Wild-Garten. Die Duschen sind ein wenig abgenutzt, aber es gibt warmes Wasser und die Betten sind sauber. Es gibt sogar Steckdosen, um die Handys zu laden, allerdings bin ich mir ziemlich sicher, dass jeder Elektriker hier die Hände über den Kopf zusammenschlagen würde: eine Leiste mit mehreren Steckdosen, in der

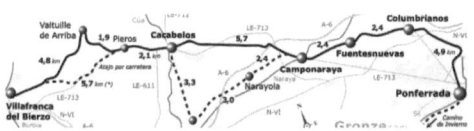

eine weitere Verlängerung eingesteckt wurde und noch weitere Mehrfachstecker zu finden sind. Ich zähle etwa 15 Handys, die kreuz und quer verbunden wurden und vor sich hin laden. Hier treffe ich nun auch die Spanier wieder und viele der anderen Pilger, mit denen ich immer wieder Kontakt hatte; es herrscht eine gute Stimmung an diesem besonderen Tag. Ab morgen werde ich nun alleine unterwegs sein, denn Dori´s Weg ist nun zu Ende und sie wird die Heimreise antreten. Von Einsamkeit kann aber keine Rede sein. In den letzten zwei Wochen habe ich viele Kontakte geknüpft und werde meinen Weg fortsetzen, ohne allein sein zu müssen. Die Hälfte meiner Zeit ist bereits um, aber mir kommt es so vor, als wenn ich schon Monate unterwegs bin. Vielleicht liegt das an den ganzen Eindrücken, die tagsüber auf mich einprasseln, den wechselnden Orten und den vielen unterschiedlichen Menschen, denen ich hier begegne. Ich merke, wie sehr mir die Zeit gut tut und ich trotz allen Trubels jeden Tag mehr und mehr zur Ruhe komme.

Ich merke, wie sehr mir die Zeit gut tut und ich trotz allen Trubels mehr und mehr zur Ruhe komme

Hier in dieser alten, urigen Herberge lässt es sich gut aushalten. Ich habe mich inzwischen daran gewöhnt, dass der frühe Nachmittag „Siesta" ist. Das bedeutet nichts anderes als Ruhepause. Die Geschäfte schließen, die Küchen der Restaurants und Bars stellen ihren Betrieb bis zum Abend ein, es ist Zeit zum Ausruhen und Körper und Geist zu entspannen. Vor ein paar Jahren, und in einigen kleinen Orten ist es auch noch so, schlossen die Geschäfte und Lädchen für eine Mittagspause von 13 bis 15 Uhr. Das ist in den letzten Jahren sehr aus der Mode gekommen. Wir leben in einer Zeit, in der niemand mehr etwas verpassen möchte, die Supermärkte öffnen bereits in den frühesten Morgenstunden und haben zum Teil bis zwei Stunden vor Mitternacht auf, das Ganze an sechs Tagen in der

Woche. Manchmal denke ich an die Zeit zurück, in der Samstagmittag die Bordsteine hochgeklappt wurden und einfach Ruhe einkehrte. Was man zum Leben brauchte, wurde vorher eingekauft oder auf die nächste Woche verschoben. Wir haben trotzdem überlebt!!

Es dauerte tatsächlich ein paar Tage, bis auch ich mich an die Zeiten hier gewöhnt hatte, aber inzwischen halte ich genauso Siesta wie alle anderen in diesem Land auch. Und so sitze ich im Garten, umgeben von vielen bunten Wildblumen, strahle mit der Sonne um die Wette und genieße ein kühles Getränk. Nach und nach trudeln auch alle altbekannten Gesichter hier ein. Obwohl es hier einige Herbergen gibt, scheinen wir uns alle einig gewesen zu sein und suchen ausgerechnet den Ort, der den wenigsten Luxus bietet. Es kommt auch nicht auf den materiellen Luxus an: ein Bett, eine Dusche, Essen und Trinken, mehr braucht es hier nicht, um glücklich zu sein.

VILLAFRANCA

ein Bett, eine Dusche, Essen und Trinken,
mehr braucht es nicht, um glücklich zu sein

Villafranca del Bierzo ist ein schönes Städtchen. Ich erinnere mich gerne daran, wie ich das erste Mal durch diesen Ort gelaufen bin. Der Weg führte mitten durch den Wochenmarkt, auf dem die Händler nicht nur Lebensmittel, Blumen und sonstige Dinge des täglichen Bedarfs bereithielten, sondern auch einiges an Andenken und Accessoires speziell für die Pilger anboten:

131

Wanderstöcke, Pins, Aufnäher, Tassen und Armbänder. Die Stadt ist etwas verwinkelt, mit einigen Plätzen und zahlreichen Kirchen. Das macht es an diesem Tag auch schwer, pünktlich zur Pilgermesse zu gelangen. Es gibt einfach zu viele Kirchen und die Wege sind verzweigt, manchmal hat man das Ziel vor Augen und findet dennoch nicht den Weg dorthin. Gerade heu-

---

Manchmal hat man das Ziel vor Augen und findet dennoch nicht den Weg dorthin

---

te ist es mir besonders wichtig, die Messe zu besuchen, aber obwohl mir Gabriel sogar eine Nachricht mit Navigationspunkt geschickt hat, kann ich die kleine Kirche nicht finden. Immer wieder schaue ich auf mein Handy, das mir anzeigt „in 150 Metern haben sie ihr Ziel erreicht", das wäre ein Katzensprung, wenn zwischen diesen wenigen Metern nicht eine Straße, eine Mauer, ein paar Häuser und kein Durchkommen wäre. Es gibt einfach Orte, in denen versagt auch das beste Navigationssystem. Ich werde immer trauriger. Flo versucht mich aufzumuntern „wir schaffen es noch, wir finden sie", ich sehe auf die Uhr und mir wird auch klar, wenn wir die kleine Kirche nicht bald gefunden haben, wird die Messe vorbei sein. In Gedanken bin ich bei der Pfadfindergruppe, für die ich heute beten wollte, weil sie sich auf dem Weg nach Hause befindet. Immer wieder gelangen wir in Sackgassen, müssen umkehren, einen anderen Weg einschlagen.

Auch wenn es mich in dem Moment sehr gestresst hat, so ist die Suche nach der Kirche vielleicht auch vergleichbar mit dem Leben. Es geht nicht immer nur geradeaus auf dem direkten Weg. Viele Dinge haben Einfluss auf das Leben, die Familie, der Beruf, Freunde, die Medien und Nachrichten, es wird immer lauter in der Welt und jeder glaubt, die beste Lösung zu kennen. Um das Ziel zu erreichen, hören wir auf viele Stimmen, wechseln immer wieder die Straße, kommen an Weggabelungen

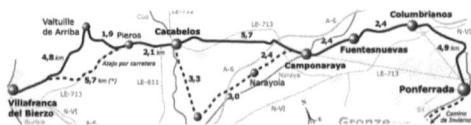

und müssen eine Entscheidung treffen. Es ist gar nicht so leicht, zwischen all den gutgemeinten Ratschlägen und Ideen, wie ein gutes Leben gelingen kann, genau die Stimme zu finden, die den rechten Weg weist. Zu schnell lassen wir uns ablenken und vertrauen ohne großes Nachdenken dem, was am zielführendsten erscheint. Dabei könnte es ganz einfach sein, es gibt nur eine Stimme, auf die wir hören sollten und die uns den wahren Weg zum Ziel zeigen kann: GOTT! Sein Geist wirkt in unserer Welt und ER tut nichts mehr, als jeden Tag zu fügen. ER liebt uns, will

---

Gottes Geist wirkt in dieser Welt und tut nichts, als jeden Tag zu fügen

---

das Beste für uns und uns sicher ans Ziel bringen. Dafür müssen wir unser Herz öffnen und manchmal auch Wege einschlagen, die unbequem oder unbekannt sind. Wenn wir IHM vertrauen, in Liebe mit uns und unseren Mitmenschen umgehen und uns nicht für die Sorgen und Nöte in der Welt verschließen, können wir sicher sein, dass ER mit uns geht und uns nicht allein lässt. Egal welcher Sturm über uns hinwegfegt, welche Steine aus dem Weg geräumt werden oder welche Berge überwunden werden müssen. ER ist bei uns, gestern, heute und in Zukunft!

In Gedanken schicke ich ein paar Stoßgebete Richtung Himmel und bitte gleichzeitig den Heiligen Antonius um Hilfe, während wir einen neuen Weg einschlagen. Als ich die Hoffnung fast aufgegeben habe und auch die Zeit fast abgelaufen ist, stehen wir plötzlich am Eingang der kleinen Kirche. Tiefe Freude erfüllt mich und auch Flo ist sehr angerührt. GOTT sei Dank! Wir treten ein, und zu meiner Überraschung ist die Messe noch nicht zu Ende. Wir haben es gerade rechtzeitig zum Friedensgruß geschafft, und so wünschen wir uns nicht nur gegenseitig den Frieden, sondern teilen auch das Glück, endlich mit unserer kleinen Camino-Familie vereint zu sein. Wer weiß, vielleicht hätten wir die Wege auch abkürzen können, wenn ich nicht ver-

sucht hätte, auf die Technik zu hoffen und zu vertrauen, sondern direkt IHN um Hilfe gebeten hätte.

PILGERMESSE IN VILLAFRANCA

14

Ruhe, die in der Selbstbestimmung liegt

Ruhe, die in der Selbstbestimmung liegt

Nach einem einfachen Frühstück verabschiede ich mich von Dori. Ihr Weg ist nun zu Ende, und sie wird später die Rückreise antreten. Eigentlich hätte sie noch einen Tag länger Zeit gehabt, aber da es vom nächsten Etappenziel keine Busverbindung zurück gibt, musste sie nun in Villafranca ihren Weg beenden. Wir nehmen uns nochmal in den Arm, tauschen gute Wünsche aus und dann gehe ich los.

Kurz vor der großen Brücke entscheide ich mich gegen den Camino Duro. Er ist landschaftlich um einiges besser, als die nächsten Kilometer entlang der Straße zu laufen, aber es ist tatsächlich ein Weg, der seinem Namen alle Ehre macht. Ich erinnere mich noch gut, wie ich mich damals gefühlt stundenlang den steilen Hang hinauf gequält habe und auch die Botschaft auf einem Stein „Be strong" hat es am Ende nur kurzzeitig besser gemacht. Viele Stoßgebete hatte ich gesprochen, weil ich so kraftlos war – und da hatte ich nichts weiter als meinen Tagesrucksack mit einem Getränk dabei. Belohnt wurde ich mit einem grandiosen Ausblick auf das grüne Galizien. Dennoch reicht es mir auch aus, manche Erfahrungen einfach nur einmal zu machen.

PILGER AM ORTSAUSGANG

SEI STARK

Es reicht mir, manche Erfahrungen nur einmal zu machen

Ich passiere die Brücke und folge dem Weg, der von der Straße nur durch eine Leitplanke getrennt wird. Schön ist anders, denn es rauschen ständig irgendwelche Fahrzeuge vorbei, aber gut,

137

ich hatte die Wahl. Irgendwann ist auch dieses Stück geschafft und ich erreiche ⇨ Vega de Valcarce. Hier scheint die Welt noch in Ordnung zu sein. In der kleinen Bäckerei versorge ich mich mit einem frischen Hörnchen und ein paar Meter weiter lacht mich in der Auslage des kleinen Lädchens eine tolle gelbe Banane an. Ich suche mir ein schattiges Plätzchen und lege eine Pause ein. Irgendwie ist es komisch, so allein unterwegs zu sein, auf niemanden mehr achten zu müssen und einfach tun und lassen zu können, was mir gefällt. Während ich noch darüber nachdenke, ob sich das nun gut oder schlecht anfühlt und mein Croissant dabei genieße, kommt Flo vorbei. Er hält kurz an, entschließt sich dann auch zu einer Pause und nach einer Weile setzen wir unseren Weg gemeinsam fort. Von weitem sehe ich das Drama schon kommen, wir werden gleich bergauf gehen müssen, ist ja auch klar, denn unser Tagesziel ist heute O Cebreiro, und dieses nette Örtchen liegt nun mal auf einem Berg. Als wir den Schotterweg bergauf betreten, kommen die Erinnerungen auch an diese Strecke zurück. Ich hasse immer noch Berge. Auf diesem Weg ist man zwar durch die vielen Bäume vor der Sonne geschützt, aber das ist auch das einzig Positive, das ich dieser Etappe abgewinnen kann. Innerlich fluche ich mindestens die Hälfte des Weges, weil ich einfach nicht gerne bergauf laufe, und es scheint auch einfach keine Ende zu nehmen. Hinter jeder Kurve vermute ich das rettende Ende, werde aber immer wieder enttäuscht, weil es einfach so weitergeht wie die Meter davor auch. „Die Berge sind nur in deinem Kopf" höre ich in Gedanken die Stimme eines Freundes und antworte wütend, dass das

---

ein Freund: „Die Berge sind nur in deinem Kopf"
ich wütend: „stimmt nicht - sie sind real unter meinen Füßen"

---

nicht stimmt, sondern das dauernde Bergauf real unter meinen Füßen stattfindet. Es ist warm, es geht steil hoch, meine Stimmung ist im Keller. Es kommt nur auf die innere Einstellung

an, aber ich kann mich einfach nicht daran gewöhnen oder gut darauf einlassen, dass es hier nicht nur platt geradeaus geht.

Wie lange und wie viele Kilometer ich so gefrustet vor mich hertrotte, weiß ich nicht mehr, aber plötzlich stehe ich in ⇨ La Faba. Einen Großteil der Strecke habe ich also geschafft. Flo und ich suchen uns ein schattiges Plätzchen und versorgen uns mit Brot, Oliven und kühlen Getränken aus dem kleinen Supermarkt. So lässt es sich jedenfalls wieder aushalten. Fast wie im Leben, auch wenn wir manchmal kleine oder größere Durststrecken und schwierige Wege zu bewältigen haben, kommt irgendwann doch wieder auch ein Punkt, an dem wir ausruhen und Luft holen können, um die nächsten Dinge in Angriff zu nehmen.

---

wie im Leben: wenn wir schwierige Wege bewältigt haben, kommt der Punkt, an dem wir Luft holen können, um die nächsten Dinge in Angriff zu nehmen

---

Das letzte Stück der heutigen Etappe fällt mir viel leichter als der erste Teil, obwohl der Weg nun weiter einige Kilometer bergauf führt, und es keine schattenspendenden Bäume mehr gibt. Ich passiere den bunten Stein, der mir anzeigt, dass ich nun Galizien erreicht habe, und ab sofort zeigen graue Monolithen alle 500 Meter die Entfernung bis Santiago an – sofern niemand die Kilometerplakette entfernt oder mit Farbe unkenntlich gemacht hat. Die Landschaft erinnert mich irgendwie an früher. In meiner Kindheit haben wir immer wieder Urlaub im Allgäu oder im Harz gemacht. Wie habe ich es gehasst, stundenlang durch Wald, Feld und Wiesen

GALIZIEN

GALIZIEN

zu laufen, ohne dass es irgendeine Abwechslung gab: Wald, Wiese, Wald, Wiese, gelbe Blumen, bunte Blumen, Wiese, Kühe, Wald…

Heute sehe ich es mit anderen Augen. Bereits bei meinem allerersten Mal war mir die Schönheit der Gegend aufgefallen. Und Menschen, die noch nie durch Spaniens Norden gelaufen sind, werden Schwierigkeiten haben, die Bilder von den Gegenden in Deutschland zu unterscheiden. Auch wenn es hier im Sommer recht heiß wird, scheint es der Natur an Wasser nicht allzu sehr zu mangeln. Denn die Wiesen, auf denen immer wieder auch Kühe zu finden sind, haben ein saftiges Grün und die Blumen am Wegesrand und in den Gärten der Dörfer erstrahlen in prächtigen Farben.

Der Schotterweg ist trocken und staubig und schlängelt sich langsam, aber sicher, immer weiter den Berg hinauf. Endlich kommen wir in ein kleines Waldstück und die Mauer auf der rechten Seite signalisiert mir schon, dass wir fast den Ort erreicht haben. An der Hauptstraße schließlich, die auf der linken Seite durch eine kleine Mauer begrenzt wird, eröffnet sich ein phantastischer Blick über die Landschaft. Ich bin zum dritten Mal hier und weil es schon fast zu einer Tradition geworden ist, stelle ich mich an die Mauer (versuche dabei genau die Stelle der anderen Male zu erwischen) und lasse mich einmal fotografie-

ren. Dann geht es schnurstracks hinein in das kleine Dorf ⇨ O Cebreiro.

Die zum Teil runden Steinhäuser erinnern ein wenig an die Heimat von Asterix und Obelix. Es ist einer meiner Lieblingsorte am Camino. Hier hat sich ein Hostienwunder ereignet, das auch durch

STEINHÄUSER IN O CEBREIRO

die katholische Kirche offiziell als solches anerkannt wurde. In einer frostig kalten Winternacht soll ein frommer Bauer auf den Berg hochgestiegen sein, um dort die Messe zu besuchen. Der Mönch, der sie zelebrierte, zweifelte an Gott und machte sich im Stillen lustig über den Bauern, der trotz aller Erschwernis nur wegen der Messe zur Kirche gekommen war. Während der Eucharistie sollen sich dann Hostie und Wein tatsächlich in Fleisch und Blut Christi verwandelt und damit alle Zweifel des Mönches ausgeräumt haben.

Hostienwunder von O Cebreiro:
Hostie und Wein verwandeln sich in Fleisch und Blut

ÖFFENTLICHE HERBERGE

In der Herberge treffe ich auf Gabriel und seine Begleiter und beziehe das Bett, das mir zugeteilt wurde. Zum zweiten Mal übernachte ich in dieser Herberge und es ist tatsächlich wie zurückkommen, denn die Nummer des Bettes ist identisch.

Der Nachmittag vergeht im Flug. Zunächst erledige ich alles Notwendige wie Duschen und Waschen, dann streife ich ein wenig durchs Dorf. Da hier auch viele Touristen unterwegs sind, gibt es ein paar Souvenirläden. Ich schaue hier und da, erstehe ein paar Postkarten, aber verzichte auf Andenken jeglicher Art, nur kein unnötiges Gewicht. Ich treffe ein paar bekannte Pilger, wir halten etwas Smalltalk und schließlich ist es auch Zeit für die Messe. Sie ist hier in O Cebreiro besonders schön, nicht nur, weil ich mich hier so wohl fühle. Die kleine Kirche ist gut ausgestattet und auf internationalen Besuch eingerichtet, denn es finden sich hier Bibeln in ganz vielen verschiedenen Sprachen. Im Gottesdienst wirken Pilger mit, auch ich durfte hier bereits einmal in der Vergangenheit eine Lesung übernehmen. Die Lesung, der Psalm und die verschiedenen Fürbitten wer-

den in unterschiedlichen Sprachen gelesen und so hat jeder die Möglichkeit, sich irgendwie dazugehörig zu fühlen, selbst wenn es „nur" die eine Fürbitte ist, die er in seiner Muttersprache ver-

---

Jeder hat die Möglichkeit, sich dazugehörig zu fühlen

---

stehen kann. Musikalisch wird die Messe mit Taizé-Gesängen gestaltet, die ich sehr schön finde und gut überlegt sind, denn die Melodien und Texte sind weit in der Welt verbreitet.

Vor zwei Jahren hatte ich die Strecke von Ponferrada bis Pedrafita do Cebreiro mit dem Bus überbrückt und war dann vier Kilometer an der Hauptstraße nach oben gelaufen. Am Fuß des Berges hatte ich noch eine kleine Rast eingelegt, und ein Pilger hatte sich zu mir gesellt. Freddi aus München. Nach ein paar Floskeln und „do you speek english?" hatten wir festgestellt, dass wir beide aus Deutschland kommen und es einfacher wäre, sich in der Muttersprache zu unterhalten. Ich hatte drei entspannte Tage hinter mir, an denen ich ohne die Gruppe unterwegs war. Er begleitete mich den Weg nach oben, dabei sprachen wir übers Pilgern, übers Wandern und Berge. Als wir eine letzte Pause einlegten, kamen wir auf die vermisste Amerikanerin zu sprechen. Für einen Moment wurde mir unwohl. Was ist eigentlich, wenn er etwas damit zu tun hat? Ich prüfte, ob mein Messer noch in der kleinen Tasche steckte, dann wechselte ich unauffällig meine Position. Im Falle eines Angriffs hätte ich so schneller zur Straße gelangen können. Freddi schien nichts von meiner Sorge zu ahnen, sondern erzählte einfach weiter. Vorsichtshalber erklärte ich ihm, dass ich nicht alleine unterwegs sei und es eine Gruppe gäbe, die bereits in dem kleinen Dorf auf mich wartet, sicher ist sicher. Schließlich machten wir uns auf, um auch noch die letzten zwei Kilometer hinter uns zu bringen. In O Cebreiro war meine Sorge dann fast verschwunden und als wir die kleine Kirche betraten und gemeinsam eine Kerze

anzündeten, tat es mir sogar ein wenig leid, was ich so alles gedacht hatte. „Komm, wir suchen deine Gruppe" sagte er mir, als wir das Gotteshaus verließen. Und im nächsten Moment traf ich tatsächlich die ersten Mitglieder. Wir begrüßten uns herzlich, aber für viel mehr blieb auch keine Zeit; sie wuselten hektisch hin und her, weil es anscheinend kein freies Bett mehr gab. Im gleichen Augenblick wurde mir schlagartig bewusst, welcher Segen es ist, allein und frei unterwegs zu sein. Mich überforderte die Hektik. Daher beschlossen Freddi und ich, erstmal noch gemeinsam ein Bier zum Abschied zu trinken, er begleitete mich noch bis zur Herberge und zog dann weiter. In der öffentlichen Albergue gab es noch ausreichend freie Betten und so genoss ich eine Weile weiter die *Ruhe, die in der Selbstbestimmung liegt.*

15

Es ist meine Zeit

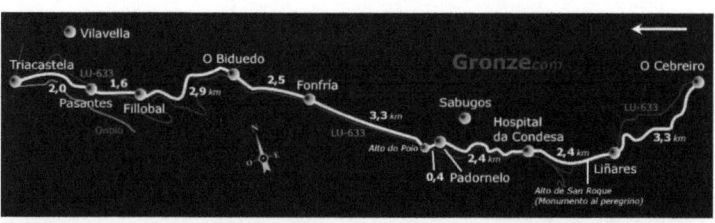

Es ist meine Zeit -
Fröhlichkeit schafft Leichtigkeit

Ich werde früh wach, weil schon ein reges Treiben im Schlafsaal herrscht. Leise ziehe ich mich an, greife nach Schlaf- und Rucksack und nehme alle Dinge mit in den Vorraum. Irgendwie bin ich froh, mit niemandem sprechen zu müssen. Frühes Aufstehen gehört nicht gerade zu den Dingen, die mir am besten liegen, und eigentlich brauche ich mindestens eine Tasse Kaffee, bis mein Motor richtig angelaufen ist. Kaffee gibt es hier nicht, es gibt gar nichts. Also dauert es auch nur wenige Minuten, bis ich bereit zum Abmarsch bin. Mein erster Weg führt mich in die einzige kleine Bar, die an diesem Morgen bereits geöffnet hat und den Pilgern eine kleine Möglichkeit zum Frühstücken bietet. Kaffee!! dazu ein getoastetes Brot mit Marmelade. Ist zwar nicht mein Lieblingsfrühstück, aber besser als ganz nüchtern loszugehen.

Es ist noch dunkel, als ich die Bar verlasse und Richtung Hauptstraße aufbreche. Dieses kleine, schnuckelige Dörfchen ist der einzige Ort, an dem ich nun schon zum zweiten Mal ganz alleine losziehe. Sicherlich würden sich Begleiter finden, aber ich entscheide mich bewusst für eine Wiederholung meines Alleingangs. Da mir Dunkelheit und Wald sehr große Angst bereiten, folge ich der Straße bergab. Beim letzten Mal hatte ich ebenfalls diesen Weg eingeschlagen und war völlig panisch unterwegs. Permanent hatte ich mich umgesehen und unzählige Male überprüft, ob mein Taschenmesser wirklich griffbereit in der Tasche verstaut ist.

Heute bin ich etwas entspannter. Ich habe ein mulmiges Gefühl, durchs Dunkel zu gehen, aber panische Angst habe ich nicht mehr. Hin und wieder kommt mir ein Auto entgegen oder fährt an mir vorbei. Ich habe keine Angst mehr, dass plötzlich jemand anhält und mich überfällt. Ich gehe einfach meinen Weg,

singe leise ein paar Lieder und höre das Gemurmel, Lachen und die Stimmen einiger Pilger, die den Waldweg weiter oben genommen haben. Unten in dem kleinen Örtchen ⇨ Liñares, es ist eher eine Miniwohnsiedlung, werden die Wege aufeinander treffen, und viel schneller als erwartet komme ich dort an. Inzwischen ist aus Dunkelheit Dämmerlicht und schließlich ein herrlicher Sommermorgen geworden. Meine Freude darüber hält aber nicht lange an, weil es direkt wieder zügig bergauf geht. Dieses auf und ab mag ich immer noch nicht. Es geht durch kleine Wäldchen, vorbei an Wiesen und Feldern, die mit dem Morgentau besonders schön glitzern. Ein neuer Tag erwacht langsam. Als ich an einem kleinen Hof vorbeilaufe, erinnere ich mich daran, wie wir bei meinem ersten Jakobsweg dort Mittagspause gemacht haben, und plötzlich fällt mir auch wieder ein, dass es kurz dahinter steil bergauf geht. Ich glaube es ist auch meine Einstellung, die es mir noch schwerer macht. Ich sehe nur den steilen Weg, die Höhe, die überwunden werden muss, die Anstrengung, die es mit sich bringt. Ich fluche innerlich, gibt es keinen besseren Weg?

Nein! Um nach Santiago zu gelangen, gibt es nur diesen einen Pfad. Manchmal hat man einfach keine Wahl und muss unbequeme Wege gehen. Wichtig ist, dass man sein Ziel nicht aus den Augen verliert. Für heute ist es das kleine Örtchen Samos, aber das liegt noch einige Kilometer weit entfernt. Je weiter ich vorankomme, desto mehr macht es mich wütend, schon wieder bergauf gehen zu müssen. Immer wieder halte ich kurz an, blicke zurück. Das Licht verzaubert die Landschaft, es ist so still hier und fast könnte man meinen, heute sei Sonntag. Ich schaue nach vorne und sehe weiterhin den Berg, der überwunden werden will. Doch plötzlich flackt eine Erinnerung in mir auf. Am Ende dieser Durststrecke ist es nur eine kleine Kante, die man noch übertreten muss, dann ist die höchste Stelle erreicht, und wenn ich es noch richtig im Kopf habe, müsste dort oben eine kleine Bar sein. Der Gedanke, nur wenige Meter von einem fri-

schen Café con Leche entfernt zu sein und die Aussicht auf ein herzhaftes Frühstück, geben mir die Schubkraft, um das letzte Stückchen zu meistern. Als der Schotterweg zu Ende geht und ich meinen Fuß auf die asphaltierte Straße setze, sehe ich die ersehnte Oase und treffe zu meiner Freude auch direkt unsere kleine Gruppe wieder. Sie haben den Weg durch den Wald genommen und waren etwas schneller unterwegs. Zeit für eine ausgiebige Pause!

Ein ganze Weile geht es nun bergab. Den Schotterweg säumen saftige Wiesen mit grasenden Kühen. Die Landschaft erinnert mich weiter an die Urlaube in meiner Kindheit. Ich hänge ein wenig meinen Gedanken nach, während ich einen Fuß vor den anderen setze und meinen Weg gehe. Hin und wieder überhole ich andere Pilger. An diesem Morgen fällt mir auf, dass es meist nur Zweiergruppen sind. Menschen, die sich unterwegs gefunden haben, vielleicht auch erst an diesem Morgen. Aber hier ist man sich einander sehr schnell nahe. Es ist, als wenn die Beziehungsarbeit, die sonst geleistet werden muss, um Vertrauen aufzubauen, jedem Pilger als Vorschuss bereits ins Herz gelegt wurde. Wo

ALLGÄU IN SPANIEN

Hier ist man sich sehr schnell nahe. Vertrauen wird jedem Pilger als Vorschuss ins Herz gelegt

man herkommt, ist allenfalls wichtig, um eine gemeinsame Sprache für die Kommunikation zu finden, man spricht sich mit Vornamen an, ein Du verschafft Nähe

ALTO DE SAN ROQUE

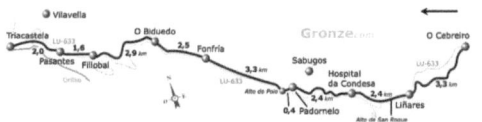

und der Beruf hat keine Bedeutung. Nach einer Weile treffe ich die Mutter und ihren Sohn aus Kalifornien. Wir freuen uns über diese Begegnung, weil wir uns heute noch nicht gesehen haben. Ein Stück gehen wir gemeinsam. „Hast Du eigentlich Kinder?" fragt sie mich irgendwann und ich erzähle ihr, dass ich einen Sohn habe. Sie ist begeistert und hinterfragt die üblichen Dinge, wie er heißt, wie alt er ist und auch, wie er gerade die Zeit verbringt, während ich pilgere. Mein Herz geht auf, als ich an den Kleinen denke – der Kleine ist auch schon 10 Jahre alt. Ich erzähle ihr von dem tollen Pfadfinderlager, das er besucht. Er ver-

AUF DEM WEG

bringt gerade sein ganz eigenes Abenteuer, zwei Wochen sind sie nach England gereist, um an einem internationalen Treffen teilzunehmen. Normalerweise hört und sieht man während der ganzen Zeit nichts, wenn die Pfadfinder unterwegs sind (und das ist immer ein gutes Zeichen), doch diesmal gibt es hin und wieder eine kleine Zusammenfassung. Harry Potter ist das Leitthema dieses Lagers und die Bilder zeugen davon, dass es einfach großartig ist. Ich nehme mein Handy zur Hand und zeige ihr ein paar Fotos.

KURZ VOR TRIACASTELA

Immer wieder bin ich gefragt worden, ob ich nicht meine Familie zu Hause vermisse, Freunde sagten mir, sie könnten nicht so lange ohne ihre Lieben sein. Ich vermisse meine kleine Familie schon, aber wir leben nicht mehr in der Steinzeit und so kann ich regelmäßigen Kontakt mit meinem Mann halten. Wir telefonieren nicht jeden Tag, aber dafür ohne auf die Zeit zu achten. Es fehlt nicht an Nähe und vielleicht ist das

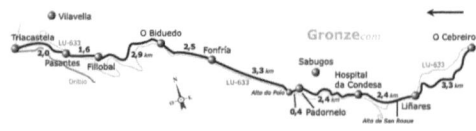

ein Grund, warum ich kein Heimweh bekomme. Ich bin sehr, sehr dankbar, dass sie mir die Zeit hier in Spanien ermöglicht haben. *Es ist meine Zeit und sie ist jetzt.* Ich weiß, dass die beiden auch eine gute Zeit miteinander haben werden, aber auch, dass sie ein paar Entbehrungen dafür in Kauf nehmen, um mir etwas Gutes zu tun – weil sie mich lieben.

Sie nehmen Entbehrungen in Kauf, um mir etwas Gutes zu tun - weil sie mich lieben

---

Ich passiere ⇨ Triacastela. Sofort sind meine Erinnerung vom letzten Mal wieder hellwach. Ich glaube, das ist der einzige Ort, an dem ich an einem Tag soviel Café con Leche getrunken habe, dass ich sie gar nicht mehr zählen kann. Damals hatten wir nach meinen drei Tagen alleine pilgern fröhliches Wiedersehen gefeiert. Da der Camino einmal quer durch den Ort führt, haben wir uns eine Bar gesucht, annähernd den ganzen Tag geredet und die vorbeiziehenden Pilger beobachtet. Ich schmunzle, als ich an den verschiedenen Bars vorbeilaufe und in fröhliche Gesichter anderer Pilger schaue, die es sich in der Sonne bei einem Kaffee oder einem kühlen Getränk gutgehen lassen. Heute bin ich auf der anderen Seite und ziehe nur vorbei, wer weiß, vielleicht sitzen hier einige auch schon über Stunden und tun nichts anderes als ich damals auch.

Dieser Ort ist durchaus ein beliebtes Tagesziel für Pilger, aber mein Weg soll heute noch etwas weitergehen. Zum dritten Mal bin ich auf diesem Stück unterwegs, und ich möchte endlich das Kloster Samos sehen. Es liegt nicht direkt an der Hauptroute des Jakobsweges, und man muss einen Umweg in Kauf nehmen, den ich aber gerne bereit bin zu gehen.

ORTSAUSGANG TRIACASTELA

Am Ortsausgang lege ich einen letzten Stopp ein und trinke eine kalte Cola. Es ist warm geworden, und es liegen noch einige Kilometer vor mir. Die Gruppe um Gabriel ist bereits vorher in einer Bar eingekehrt, und wir haben uns verständigt, dass wir uns spätestens in Samos sehen.

Es ist plötzlich ganz ruhig geworden. Die wenigen Pilger, die ich gerade noch sehe, schlagen die Hauptroute ein. Diesmal ist überhaupt kein bekanntes Gesicht dabei. Während ich auf dem Brunnen sitze und einfach noch einen Moment ausruhe, fühle ich mich ganz verlassen und allein. Ist das wirklich das, was ich wollte? Es mag ja ganz nett sein, mal für sich alleine unterwegs sein zu können, aber jetzt gerade nagt die Einsamkeit an mir. In der Hoffnung, vielleicht doch noch je-

---

*Es mag ja nett sein, mal für sich allein zu sein -
aber jetzt nagt die Einsamkeit an mir*

---

mand Vertrautes zu treffen, warte ich eine ganze Weile ab, aber es kommt niemand. Ich werde alleine losgehen müssen. Mir ist mulmig zumute. Wie lange ist es her, dass der Letzte an mir vorbeigezogen ist? Was ist, wenn ich unterwegs den Weg nicht finde oder die anderen sich doch noch kurzfristig umentscheiden? Sie würden mir doch zumindest eine Nachricht schicken – hoffentlich. Ich schultere meinen Rucksack und gehe los, die Richtung, die zumindest in der Zeit, als ich dort gewartet habe, niemand anderes eingeschlagen hat. Das Gepäck ist schwer, es fühlt sich an, als wenn sich in der kurzen Zeit, in der ich den

Rucksack abgestellt hatte, eine Armee von Ziegelsteinen darin eine neue Heimat gesucht hat. Der Weg führt mich zunächst an einer langen Landstraße entlang, viele Autos fahren hier jedoch nicht. Ein schmaler Schotterpfad, der auf der linken Seite von Gebüsch, Wald und Abgrund und rechts von Leitplanken zur Straße abgegrenzt wird. Ich habe Angst. Jedes Geräusch kommt mir verdächtig vor. War das ein Vogel, der durch die trockenen Blätter gehüpft ist oder ist dort jemand? Ich versuche mich zu beruhigen, aber immer wieder taucht das Geraschel auf. Mehrmals drehe ich mich um, aber kann niemanden erkennen. Was eine doofe Idee, einfach alleine loszugehen. Während ich in einem etwas eiligeren Tempo weitergehe, macht mir die Situation immer mehr Angst. Was ist eigentlich, wenn hier plötzlich jemand aus dem Busch springt oder ein Auto anhält. Hier ist niemand, der mir helfen könnte, ich bin ganz allein. Ich würde einfach verschwinden, und niemand würde es mitbekommen. Panik steigt in mir hoch. Vielleicht sollte ich einfach warten, bis die anderen hier sind. Aber wenn sie doch nicht kommen? Wie lange soll ich warten, was ist realistisch? Und je weiter die Zeit voranschreitet desto geringer wird die Wahrscheinlichkeit, doch noch andere Pilger zu treffen. Normalerweise sind die meisten morgens unterwegs und darauf bedacht, spätestens am frühen Nachmittag ihr Tagesziel erreicht zu haben. Ich möchte auch nicht einfach mitten auf dem Weg stehenbleiben, weil ich mich nicht sicher fühle. In meiner Not fange ich an, Stoßgebete zum Himmel zu schicken. Wenn ich schon so mutterseelenallein hier umherirre, hoffe ich zumindest, dass der liebe Gott

---

Wenn ich schon so mutterseelenallein hier umherirre,
hoffe ich zumindest, dass der liebe Gott mich beschützt

---

mich beschützt. Ich fange an zu singen, ich bin schließlich allein, da stört es niemanden. „Christus mein Licht" und „Meine Hoffnung und meine Freude". Immer in der Hoffnung, dass

doch noch jemand zu mir kommt. Nach einer ganzen Weile nehme ich einen Rastplatz auf der anderen Straßenseite wahr. Zunächst bin ich erleichtert und entschließe mich, auf die anderen zu warten. Dann stelle ich fest, dass der Platz quasi nur für Autofahrer erreichbar ist und durch die Straße vom Weg getrennt ist. Es erscheint mir kein sicherer Ort, sondern ganz im Gegenteil eher im schlimmsten Fall eine Falle zu sein. Also gehe ich langsam weiter, singend, betend, weinend. Ich habe mich selten so allein gefühlt.

Wie lange ich so vor mich hertrotte, weiß ich nicht, aber irgendwann glaube ich in weiter Ferne Gelächter zu hören. Als ich mich umdrehe, sehe ich niemanden, doch kurze Zeit später kommen die Stimmen näher. Ich schaue noch einmal zurück und mir fällt ein riesiger Stein vom Herzen. Endlich Bekannte! Die Spanier, die immer flott unterwegs sind, haben mich endlich eingeholt. Ich bin so erleichtert. Sie begrüßen mich fröhlich, als wenn wir uns eine Ewigkeit nicht gesehen hätten, dabei ist es vielleicht ein oder zwei Stunden her. Es passt allerdings zu meiner Stimmung, denn gefühlt bin ich tagelang allein umhergewandert. Die Gruppe tut mir gut, jeder Einzelne strahlt auf seine ganz eigene Art soviel Fröhlichkeit, Herzlichkeit und Freundschaft aus. Sie verlieren kein böses Wort über andere, achten aufeinander und sorgen stets dafür, dass niemand auf der Strecke bleibt.

Mir fällt es nicht schwer, ihr Tempo aufzunehmen und ich bin so froh, nun nicht mehr allein zu sein. Die anderen tanzen und hüpfen, lachen und singen, haben einfach gute Laune, und man könnte fast meinen, dass sie ohne Gepäck unterwegs sind. *Ja, die Fröhlichkeit im Gemüt schafft offensichtlich auch Leichtigkeit auf ganzer Linie.*

Gabriel bleibt an meiner Seite und wir unterhalten uns ein wenig über den Weg. Obwohl ich so erleichtert bin, endlich wieder Begleiter getroffen zu haben, sitzt mir die Angst und Panik

der letzten Kilometer noch in den Knochen. Als er fragt, wie es mir geht, antworte ich nur, dass heute nicht mein Tag sei. Ich befürchte, dass er nun weiterfragen könnte, aber das tut er nicht. Stattdessen schaut er mit mir nach Vorne auf den Weg. Er erzählt mir von Gott, dass ER uns niemals allein lässt, so sehr es sich auch anders anfühlen mag. ER sei immer mit uns auf

---

Gott lässt uns niemals allein, so sehr es sich auch anders anfühlen mag

---

dem Weg, weil ER uns liebt. Seine Liebe sei größer als alle Anfeindung oder Schlechtes, das uns im Leben begegnet, und Sein Licht würde in jede Dunkelheit strahlen und sie erleuchten, egal wie hoffnungslos unsere Situation erscheinen mag. ER möchte jedes Dunkel hell machen und alle Wunden heilen. ER ist die Liebe!

Tränen laufen mir über die Wangen. Wir schweigen und gehen leise weiter.

Kurz bevor wir ⇨ San Cristovo do Real erreichen, kommen wir an eine kleine Brücke. „Das ist mein Lieblingsplatz, komm wir machen ein Foto" fordert mich Gabriel fröhlich auf. Ich nicke und so platzieren wir uns vor dem Wasser und strahlen für das Selfie in die Kamera.

In dem nun folgenden Dorf könnte man meinen, die Zeit sei irgendwann vor 100 Jahren stehengeblieben. Es gibt nur ganz wenige Häuschen, zu denen aber immer ein großer Hof und auch ein Stall für verschiedene Tiere dazugehört. Eine alte Dame, die wahrscheinlich noch nie einen anderen Ort auf der Welt gesehen hat,

KURZ VOR SAN CRISTOVO DO REAL

begrüßt uns freundlich winkend und wünscht uns einen guten Weg. Sie ist klein, das Laufen fällt ihr schwer und ihre Haut zeigt deutlich, dass sie immerzu der Sonne ausgesetzt war. Überhaupt ist die Mühe der täglichen Arbeit im Haus, auf dem Hof und auf dem Feld nicht spurlos an ihr vorübergezogen, dennoch strahlt sie eine unglaubliche Ruhe und Zufriedenheit aus. Selten treffe ich Menschen, bei denen das so deutlich zu spüren ist. Wir bleiben einen Moment stehen; so wie sie uns freundlich empfangen hat, schenken wir ihr nun ein wenig Aufmerksamkeit und Zeit.

Selten treffe ich Menschen,
die eine so unglaubliche Ruhe und Zufriedenheit ausstrahlen

Der weitere Weg ist wunderschön. Es geht durch schattige Hohlwege vorbei an uralten Weidezäunen, die zum Schutz des Viehs irgendwann wohl mal errichtet worden sein müssen. Zwischendurch komme ich mir vor wie ein Teil der Märchenfilme, die ich als Kind so gerne gesehen habe, und es würde mich überhaupt nicht verwundern, wenn plötzlich eine kleine Elfe auf einem Pfahl sitzend mich begrüßen würde, die sieben Zwerge an mir vorbeiziehen oder ein Prinz mit seiner Angetrauten auf einem weißen Pferd vorbeireiten würde. Es ist, als wenn die Zeit hier einfach irgendwann stehengeblieben ist, und dieses Stückchen Erde vom Fortschritt der Menschheit ausgenommen wurde. So idyllisch das jedoch alles sein mag, die letzten zwei/drei Kilometer werden zu einer echten Qual. Nicht weil der Weg plötzlich soviel anstrengender geworden ist, sondern weil es mir für heute einfach reicht. Und so steigt nach und nach immer größer werdende Wut in mir auf, weil es kein Ende zu nehmen scheint und nach jeder Kurve wieder ein neues Stück ohne Ziel in Sicht anfängt. Erst als plötzlich aus dem Nichts Flo auftaucht, wird meine Stimmung etwas besser. Er ist später losgegangen und hatte sich die Etappe anders eingeteilt. Dadurch hat er es

geschafft, uns irgendwann einzuholen. Nach etwas mehr als einem Kilometer lichtet sich plötzlich der Wald und gibt den Blick frei auf das ⇨ Kloster Samos. Endlich! Ziel für heute erreicht.

Ich mag dieses kleine Örtchen von Anfang an. Dominierend ist hier eindeutig das riesengroße Klostergebäude. Es wirkt schon fast wie ein Palast. Es handelt sich um ein Benediktinerkloster aus dem 7. Jahrhundert, welches aber viele Male z.B. durch Feuer zerstört, wieder aufgebaut und erweitert wurde.

KLOSTER SAMOS

Im Kellergewölbe ist eine kleine, einfache Herberge auf Spendenbasis errichtet worden. Ich habe wirklich das Gefühl, ein Schloss zu betreten. Die Decken sind ziemlich hoch und gewölbt. An den Wänden, und teilweise auch frei im Raum, sind einfache Hochbetten aufgestellt, die dem müden Pilger einen Ort zum Ausruhen geben. Entgegen der Temperaturen draußen ist es hier angenehm kühl. Ich entscheide mich für ein Bett, das frei im Raum steht, nah an der Tür, und mir so zumindest das sichere Gefühl gibt, den Überblick zu haben, wer hereinkommt oder den Raum verlässt, außerdem bietet es einen größeren Abstand zu den benachbarten Betten als die anderen. Ich richte mich schnell ein und entscheide mich dann, als erstes eine Dusche zu genießen. Das Badezimmer ist ebenfalls sehr groß mit hohen Decken. Es gibt vier Duschkabinen. Da alle belegt sind, warte ich eine Weile und unterhalte mich ein wenig mit den Spaniern. Plötzlich höre ich ein lautes Schreien und Schimpfen. Ein Pilger kommt völlig eingeseift und nur mit Handtuch umwickelt aus seiner Kabine: das Wasser ist weg. „Oh nein", denke ich, „das fehlt mir jetzt

auch noch." Der Tag heute war schon anstrengend genug, wenigstens duschen wäre toll. Durch das laute Rufen haben auch die anderen ihr Wasser abgedreht, versuchen aber nun, ob die Dusche funktioniert und tatsächlich, ein kräftiger Brausestrahl prasselt nieder. Schnell ist des Rätsels Lösung gefunden. Das Wasser ist keinesfalls weg, aber es reicht nicht, dass alle Duschen gleichzeitig damit versorgt werden können. Niemandem bleibt etwas anderes übrig, als sich mit den anderen während des Duschens abzusprechen. Also hört man in der folgende Zeit viel Gelächter, und obwohl zufällig alle eine andere Sprache sprechen, klappt die Verständigung soweit, dass alle frisch geduscht und ohne Schaumkrone das Bad wieder verlassen können.

Niemandem bleibt etwas anderes übrig, als sich mit den anderen abzusprechen, obwohl alle eine andere Sprache sprechen - es klappt

---

Es ist sicherlich eine der einfachsten Unterkünfte, die ich am Weg erlebt habe, am Ende werde ich genau diese Herberge als den Ort in Erinnerung behalten, an dem ich am besten geschlafen habe, weil er das beste Klima dafür bot.

Nachdem auch Flo das Abenteuer „Dusche" in Angriff genommen hat und die Wäsche auf der Leine hängt, treffen wir uns mit den anderen zum Essen in einer Bar. Wir sind mittlerweile zu einer etwas größeren Gruppe zusammengewachsen. Schnell werden Tische und Stühle zusammengestellt, dass alle gemeinsam an einer Tafel Platz finden. So ein herrlicher Nachmittag, kaum zu glauben, dass ich vor drei Stunden noch dachte, ich würde den Weg gar nicht schaffen.

Am Abend nehmen wir an der Führung durch die ehrwürdigen Gemäuer dieses alten Klosters teil. Es ist zwar sehr interessant und es gibt viel zu sehen, aber der lange Weg fordert sein Tribut, die Füße sind schwer und tun weh und so nutze ich jede Gelegenheit, die sich zum Hinsetzen bietet.

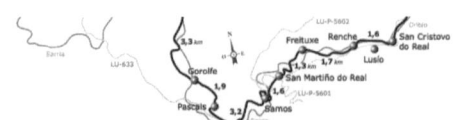

16

Niemand wird hängen gelassen

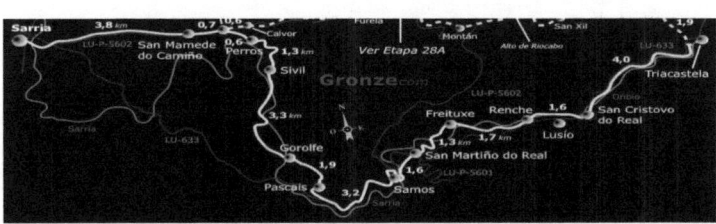

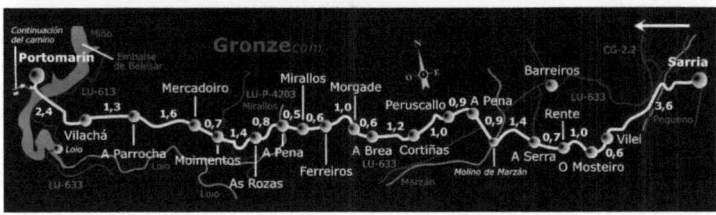

Niemand wird hängen gelassen –
Vertrauen auf Gott

Es gibt viele Arten, wie man morgens geweckt werden kann, aber als um 5:30 Uhr die bekannten Rhythmen von „Buen Día" in voller Lautstärke durch den Schlafsaal schallen, bin auch ich mit einem Schlag hellwach. Ein wenig muss ich schmunzeln, denn das Handy und der dazugehörige Besitzer sind genau die gesamte Raumlänge von einander getrennt, und dementsprechend dauert es einen Moment, bis wieder Ruhe eingekehrt ist.

Ich beschließe, heute mal alleine loszugehen. Flo möchte ausschlafen und die Spanier lieber erst frühstücken. Sie haben auch bestens vorgesorgt und am gestrigen Abend dafür eingekauft. Ich hoffe lieber auf eine offene Bar mit warmen Croissants und frischem Kaffee. Schnell stelle ich aber fest, dass dies zumindest hier in diesem kleinen Ort nicht zu haben ist. Nun gut, heute ist Feiertag „Mariä Himmelfahrt", daran hatte ich gestern nicht gedacht. Also gehe ich ohne Frühstück los. Mir ist ganz schön mulmig, als ich in der Dunkelheit mutterseelenallein, nur mit dem Licht meines Handys, am Kloster vorbei den Weg suche. Die wenigen Pfeile sind in der Finsternis schwer zu erkennen. Ich habe Angst. Ich konzentriere mich auf den Weg, versuche mir selbst Mut zuzusprechen, bete viele kleine Stoßgebete und hoffe, dass die Nacht bald vorüberzieht. Was am Ende schief gelaufen ist, kann ich nicht mehr genau ausmachen, jedenfalls bin ich den Pfeilen gefolgt und damit einmal um das gesamte Kloster herumgelaufen. Immerhin treffe ich meine Gruppe, als ich endlich die Hauptstraße wieder erreicht habe. Wenigstens muss ich nun nicht mehr alleine durch die Dunkelheit irren. Unter dem Schein einiger Stirn- und Handylampen machen wir uns auf den Weg Richtung Santiago. Auf dem Stück aus dem Ort heraus beten wir die Laudes. Gabriel bedient sich dabei einer App, die mir sehr gut gefällt. Die Texte und Gebete werden vorgelesen, außerdem werden sie mit pas-

sender Musik untermalt. In fast schon gewohnter Weise beten wir schließlich gemeinsam „Vater Unser" und „Gegrüßet seist Du, Maria", jeder in seiner Muttersprache.

Der weitere Weg wird für mich zu einer echten Tortur. Richtig hell scheint es an diesem Morgen nicht werden zu wollen, weder in Bezug auf das Tageslicht noch auf mein Seelenleben. Es geht vorbei an Weiden und Wiesen, über Waldwege und Schotterpfade. Eigentlich ist es ein sehr schöner Weg. Er wird immer wieder von kleinen Mauern oder alten Zäunen, um denen sich wild irgendwelche Sträucher ranken, eingegrenzt. Hin und wieder passieren wir kleine Orte, die ganz verschlafen wirken. Es wäre eine wunderhübsche Kulisse für die vielen Märchen, die ich als Kind so unzählige Male gehört hatte. Doch an diesem Morgen sehe ich nur grau, trübes Wetter, Nebel, endlose Pisten,

---

Es ist ein sehr schöner Weg. Doch an diesem Morgen sehe ich nur grau

---

verschlossene Häuser. Ich fühle mich einsam und verlassen und habe fürchterlichen Hunger, aber es gibt auf den ersten 10-15 Kilometern keine, aber wirklich gar keine Möglichkeit, irgendwo einzukehren oder etwas Essbares zu finden. Stille Tränen laufen über meine Wangen. Die Angst in der Dunkelheit, das betrübte Licht, die Stille, die schmerzenden Gelenke und der Hunger lassen in mir den Entschluss reifen, dass ich heute nicht weiter als bis zum nächstmöglichen Ort gehe. Ich schaffe es einfach nicht. Ich bin überzeugt, dass ich die anderen wiedersehen werde, wenn auch erst in zwei/drei Tagen. Es ist mein Weg und ich schaffe es nicht, mit den anderen mitzuhalten. Und das muss ich auch nicht. Niemand schreibt mir vor, dass ich den Weg mit ihnen gehen oder wann ich in Santiago ankommen soll. Heute wird es also eine kurze Etappe. Mit Entschlossenheit und diesem Ziel vor Augen teile ich den anderen mit, dass ich nur bis hinter Sarria mitkomme und dann mein Tag abgeschlossen ist.

Zu wissen, dass es nur noch wenige Kilometer sind, die ich heute überstehen muss, gibt mir Kraft weiterzugehen.

Endlich ist das Ziel in Sicht! Gabriel erzählt mir auf den letzten Metern eine Legende von Hexen, die sich um Galizien und speziell ⇨ Sarria rankt, und dann erblicken wir endlich eine Bar, die geöffnet hat. Das Croissant ist super, der Kaffee auch – es wäre wahrscheinlich völlig egal gewesen, Hauptsache Essen. Ich glaube, dass ich mich noch nie so sehr wie an diesem Morgen über Essen gefreut habe. Und ich spüre förmlich, wie mit jedem Bissen und mit jedem Schluck die Energie in meinen Körper schießt. Dann überkommen mich Zweifel. Möchte ich wirklich alleine in einer Luxusherberge bleiben? Vielleicht ist es doch besser, den Weg in netter Gesellschaft weiterzugehen? Online-Übersetzer sind doch super. Ich schreibe Gabriel: „Es ist zu früh, um hier zu bleiben.". Er antwortet: „Das Schicksal möchte, dass du mit uns kommst."

VOR SARRIA

HAUSMALEREI IN SARRIA

PILGERWEG IN SARRIA

Ich glaube nicht, dass es einfach „nur" das Schicksal ist, das möchte, dass ich meinen Weg heute noch fortsetze. Vielmehr denke ich, dass es eine der vielen kleinen Fügungen war, denn mit dieser kurzen Übersetzung ändert sich meine ganze Einstellung zum heutigen Tag. Bis Portomarín werden es rund 25 Kilometer sein. Ich blende aus, dass ich schon 15 Kilometer heute gelaufen bin und sage zu mir selbst, dass es jetzt einfach nur eine ganz normale Tagesetappe ist.

KIRCHE IN SARRIA

MIT WANDMALEREIEN

Wir teilen Flo unser heutiges Ziel mit und machen uns auf den Weg. Es ist herrlich, wir durchqueren Sarria und nachdem wir hinter dem Kloster die steile Piste bergab gelaufen sind, erinnere ich mich daran, dass es auch irgendwo wieder bergauf geht. Im Zickzack schlängelt sich der Weg unterhalb der Autobahn entlang, bis es schließlich in einem Waldstück bergauf geht. Wie ich diesen Berg gehasst habe. Bereits 2012 in der Mittagssonne war es kein Vergnügen, und auch drei Jahre später hatte ich damit meine liebe Not. Damals bin ich mit einem Freund unterwegs gewesen, und es war für mich sehr anstrengend. Er ging voran und jedes Mal, wenn wir einen Teil der Anhöhe geschafft hatten, war er stehen geblieben, hatte einen Schluck Wasser getrunken und genau so lange gewartet, bis ich auch diesen Punkt erreicht hatte, um dann direkt weiterzulaufen. Das hatte mich nicht nur innerlich sehr wütend gemacht, es hatte mich vor allem an die Grenzen meiner körperlichen Belastung gebracht und so benötigte ich schließlich Traubenzucker, als wir endlich den höchsten Punkt erreicht hatten. Aber

Wie ich diesen Berg gehasst habe. Aber heute ist es anders. Ich gehe Schritt für Schritt, in meinem Tempo

heute ist es anders. Ich setze einen Fuß vor den anderen, verweile zwischendurch einen Moment, um Wasser zu trinken und

gehe dann weiter, Schritt für Schritt, in meinem Tempo, ohne jemandem hinterherzuhetzen. Ehe ich mich versehe, bin ich bereits oben angekommen. Ich gönne mir einen kleinen Blick zurück mit der Erkenntnis, dass es doch gar nicht so anstrengend und schlimm ist, wie ich es in meiner Erinnerung hatte. Es mag vielleicht auch etwas an der Tageszeit gelegen haben, denn dieses Wegstück hatte ich bisher nie am Vormittag bei noch angenehmen Temperaturen passiert, sondern immer in der Mittagshitze, es kann aber auch einfach an meiner Einstellung heute liegen. Ich bin glücklich, dass es so gut vorangeht. Und es ist die Gruppe, die mir sehr viel Kraft gibt. Sie laufen ihren Weg, aber nehmen Rücksicht auf mich. Als ich nach weiteren 10 Kilometern eine kleine Pause vorschlage, steuern wir die nächstbeste Bar an und ruhen uns bei ein paar kühlen Getränken aus. Die Sonne lacht vom Himmel, es ist warm und ich bin gerade frei in meinem Kopf. Und das, obwohl ich vor wenigen Stunden durch die trübe Morgensuppe gewandert bin und ziemlich sicher war, dass ich keinen Meter mehr als nötig schaffen würde. Die Pause hat auch den Vorteil, dass Flo nun auch zu uns aufschließen kann. Er war bisher eine Pausenlänge hinter uns unterwegs.

„Du bist sehr religiös, so mit Kirche und so, oder?", fragt mich Flo plötzlich aus dem Nichts heraus, während wir weiter durch die Sonne laufen. Ich überlege einen Moment, wie ich auf diese Frage antworten soll. Bin ich religiös? Was macht einen religiösen Menschen aus? „Ich glaube an Gott und dass Er nicht nur vor 2000 Jahre lebte, sondern auch in unserer heutigen Welt

---

„Du bist sehr religiös, so mit Kirche und so, oder?"
„Ich glaube an Gott, dass Er auch heute wirkt"

---

wirkt und da ist", antworte ich ihm kurz und frage, ob er an Gott glaubt. Er erwidert mir, dass er nur an Weihnachten in die Kirche geht und ansonsten damit nichts zu tun hat. Eigentlich

könnten wir dieses Thema unserer Unterhaltung damit direkt wieder beenden, aber ich finde es unheimlich spannend, mit Menschen über ihren Glauben ins Gespräch zu kommen. Und so fange ich an, ihm ein wenig von mir zu erzählen. Ich war zwar in einem katholischen Kindergarten, einer katholischen Bekenntnisgrundschule und einem Gymnasium, das von Ordensschwestern geleitet wurde, aber das bedeutete damals nicht, dass ich automatisch auch „religiös sozialisiert" wurde. Auch wir gingen nur Weihnachten in die Kirche und dann bitteschön auch nur in einen kurzen Familiengottesdienst mit Krippenspiel, weil die Stimmung da so schön war. Ich bin evangelisch getauft worden, aber außer Kindergarten, Religions- und Konfirmandenunterricht hatte ich keinerlei Berührungspunkte mit der Kirche – und wollte sie auch nicht haben. Selbst an den Tagen religiöser Orientierung, eine mehrtägige Klassenfahrt mit religiösem Hintergrund, habe ich alle Hebel in Bewegung gesetzt, nicht daran teilnehmen zu müssen und es stattdessen vorgezogen, eine Woche in einer anderen Klasse den Unterricht zu besuchen. Flo hört mir aufmerksam zu „und wieso hat sich das dann geändert?". So ganz genau konnte ich es mir damals selbst gar nicht erklären, aber ich spürte plötzlich eine Sehnsucht in mir. Ich war auf der Suche, ohne dass ich direkt hätte sagen können, was ich vermisse. Heute glaube ich, dass es ein

---

Ich spürte eine Sehnsucht in mir. Ich war auf der Suche, ohne dass ich hätte sagen können, was ich vermisse

---

Fingerzeig Gottes war, der mich auf die Kirche aufmerksam machte. Zu dem Zeitpunkt war ich bereits kirchlich verheiratet und Mutter eines süßen kleinen Jungen, den wir hatten katholisch taufen lassen. Die Taufe war mir wichtig, ich wollte, dass er bei Gott geborgen ist, welche Konfession spielte dabei aber für mich keine Rolle. Jedenfalls begann ich irgendwann, mich mit den Unterschied Katholisch/Evangelisch zu beschäftigen und

stellte schnell fest, dass ich katholisch sein möchte. Das habe ich dann auch umgesetzt, bin mit fast 30 Jahren gefirmt und damit in die katholische Kirche aufgenommen worden.

Wir schweigen eine Weile, während wir unseren Weg fortsetzen. „Bist Du auch aktiv in der Kirche?" durchbricht Flo die Stille. Ich erzähle ihm von meiner Mitarbeit im Familiengottesdienstkreis und so kommen wir auf die Weihnachtsgeschichte zu sprechen. „Ach ja, Weihnachten: Maria, Josef und das Kind im Stall" - „Nun ja, ein bisschen mehr gehört da schon zu", erwidere ich ihm mit einem Schmunzeln. Und dann erzähle ich ihm vom Erzengel Gabriel, dass er Maria verkündete, dass sie ein Kind vom Heiligen Geist erwarte. Wie sie sich auf den Weg zu ihrer Cousine Elisabeth macht, die selbst schwanger ist, obwohl sie eigentlich unfruchtbar war. „Ich mag die Stelle sehr, wo sie sich begegnen." Flo schaut mich fragend an. „Na Elisabeth´s Kind hüpft vor Freude im Bauch, als Maria, schwanger mit Jesus, vor der Tür steht." Flo lächelt. Wir unterhalten uns eine Weile über Josef, von dem kein einziges gesprochenes Wort überliefert wurde. Er blieb einfach bei Maria, obwohl er allen Grund dazu gehabt hätte, sich von ihr zu trennen. Ursprünglich war das auch sein Plan, bis ihm ein Engel im Traum etwas anderes sagte. Maria und Josef, das sind beides Menschen gewesen, die sich einfach auf Gott eingelassen haben, die offen waren für sein Wort und danach gehandelt haben. Sie zweifelten nicht. Der Engel kam zu Maria und sprach zu Josef im Traum. Sie fragten nicht „bist Du echt? Gibt es Engel überhaupt?", sondern sie hörten, welche Botschaft er ihnen

Sie fragten nicht, sondern sie hörten und handelten

überbringen wollte und handelten so, wie Gott es von ihnen mochte. Klingt leicht, aber in der heutigen Zeit ist es gar nicht mehr so einfach, die Stimme Gottes unter den vielen Stimmen

der anderen „Götter" wahrzunehmen. Wir alle sind auf der Suche nach den Dingen, die uns Orientierung, Halt, Sicherheit, Geborgenheit und unserem Leben einen Sinn und Richtung geben. Dabei werden wir überschüttet von einer Vielzahl verlockender Angebote, die Werbeindustrie hat längst erkannt, mit welchen Strategien sie den Konsumenten am besten erreichen kann, Socialmedia-Plattformen geben viel Raum um zu zeigen, wie ein perfektes Leben auszusehen hat und bieten direkt zahlreiche Lösungen, wie es gelingen kann. Mit dem Glauben an Gott hat das allerdings selten etwas zu tun. Dabei wäre es so leicht. Hier auf dem Weg gehen die Menschen liebevoll und sorgsam miteinander um. *Niemand wird einfach hängen gelassen.* Wer trauert, wird tröstende Worte finden, dem Hungernden wird etwas zu Essen gegeben, der Kranke oder Leidende wird unterstützt, wer verzweifelt ist, wird jemanden treffen, der ihm

neue Hoffnung schenkt. Wenn alle Menschen sich so verhalten würden, wie Pilger hier miteinander umgehen, wäre unsere Welt um einiges besser, und es würde sicherlich viel weniger Not und Leid geben.

Plötzlich taucht unsere Gruppe wieder vor uns auf. Ich habe gar nicht daran gedacht, dass wir auf der heutigen Etappe tatsächlich den schon fast „historischen" 100-km-Monolithen passieren. Freudig werden wir erwartet, damit wir gemeinsam diesen Moment am wichtigen Meilenstein des Caminos auf einem Foto festhalten können. Es herrscht eine fröhliche und ausgelassene Stimmung. 100 Kilometer trennen meinen Weg noch von der Kathedrale in Santiago. Ich kann es kaum fassen, das bedeutet auch, dass ich bereits 400 Kilometer zurückgelegt habe, 16 Tage

100 KM STEIN

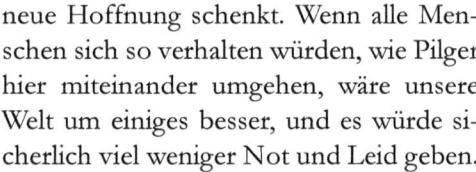

bin ich nun schon zu Fuß unterwegs. In vier Tagen werde ich das Ziel erreichen. Aber darüber möchte ich heute noch nicht nachdenken. Ich lebe im Jetzt und Hier, und das hat meine volle Aufmerksamkeit verdient. Wir plaudern eine Weile, trin-

---

Ich lebe im Jetzt und Hier,
und das hat meine volle Aufmerksamkeit verdient

---

ken etwas Wasser und machen uns dann alle gemeinsam wieder auf den Weg. Allerdings kommen wir nicht sonderlich weit. Hinter der nächsten Kurve bietet sich erneut eine Gelegenheit, eine kleine Rast einzulegen. Eine Einheimische hat mitten auf einer Wiese einen kleinen Stand eingerichtet. Gegen eine kleine Spende bietet sie selbstgebackenen Kuchen, frisches Obst und gekühlte Getränke an. Der Höhepunkt allerdings ist der Käse aus eigener Herstellung, den sie mit Honig ihrer Bienen serviert und frisches Brot dazu reicht. Erst bin ich etwas skeptisch, weil mir diese Kombination etwas fremd ist, aber eine kleine Kostprobe zeigt mir ganz schnell, dass es einfach zu den köstlichsten Dingen gehört, die mir jemals hier auf dem Weg angeboten wurden. Die Frau kam wie gerufen, denn schon seit einer ganzen Weile verspürte ich ein wenig Hunger. Auch das ist Fügung! So gestärkt können wir die nächsten Kilometer in Angriff nehmen. Wie viele genau es heute noch sein werden, ist nicht wichtig. Es ist ein guter Tag, auch wenn es heute Morgen noch nicht danach aussah!

Während wir durch kleine Dörfer streifen, lasse ich das Gespräch der letzten Stunde und die letzten Tagen ein wenig Revue passieren. Ich denke an Astorga und damit auch die Emmaus-Geschichte. Nachdem Jesus gestorben war, sahen die Jünger keinen Sinn mehr, weiter in Jerusalem zu bleiben und machten sich auf den Weg nach Emmaus. Unterwegs gesellte sich Jesus zu ihnen, aber sie erkannten Ihn nicht. Er fragte sie, warum

sie so betrübt seien und dann erklärte Er ihnen alles, was über Ihn in den Schriften geschrieben steht. Schließlich erreichten sie Emmaus und Jesus wollte sich verabschieden. Die Jünger baten Ihn, bei ihnen zu bleiben, weil es schon Abend geworden war. Jesus blieb und als sie schließlich gemeinsam am Tisch saßen, Er das Brot nahm, den Lobpreis sprach und es teilte, erkannten sie Ihn. Danach verschwand Er. Die beiden Jünger waren so erfüllt von der Begegnung mit Jesus, dass sie sich direkt wieder auf den Weg zurück nach Jerusalem machten und voll Freude den anderen erzählten, was sie erlebt hatten und dass Jesus wahrhaftig auferstanden ist.

Flo hört mir abermals gespannt zu und entgegnet dann, dass ihm diese Geschichte nicht so geläufig war. Ich antworte ihm, dass es doch sehr viel Ähnlichkeit mit uns heute hat. Wir sind

zwar nicht auf dem Weg nach Emmaus, aber nach Santiago, wir unterhalten uns über die Geschichten in der Bibel, und ich glaube, dass Jesus mit uns auf dem Weg ist. Wir erkennen Ihn nur leider so oft nicht, aber jeden Abend, wenn wir gemeinsam Messe feiern, bricht Er das Brot und gibt sich für uns hin.

PORTOMARÍN

Wir laufen noch eine ganze Weile durch die Sonne, bis wir plötzlich in einiger Entfernung eine große Brücke erkennen. Unser heutiges Ziel ⇨ Portomarín ist in Sichtweite gerückt. Am Ende der Brücke gibt es eine Freitreppe. Als ich das erste Mal diesen Weg gegangen bin, hatte ich an diesem Tag eine halbe Etappe ausgelassen, weil mir Knie und Füße wehtaten. Damals war ich dadurch dann aber so fit, dass ich die Treppe in einem hochrennen konnte.

Beim nächsten Mal hatte ich mich daran erinnert und es mit voll gepacktem Rucksack ebenfalls im Sprint hinauf geschafft. Ich erzähle Flo davon und wir lachen darüber. „Diesmal werde ich mal gesittet hinaufgehen" nehme ich mir fest vor. Vorsätze sind gut, aber man muss sie auch nicht immer einhalten. Als ich am Fuß der Treppe stehe, packt mich der Ehrgeiz, ich zurre meinen Rucksack fest, hole einmal tief Luft und sprinte die Stufen bis oben.

RATHAUS IN PORTOMARÍN

„Ich musste einfach in meiner Tradition bleiben" antworte ich lachend Flo, als er sichtlich aus der Puste oben ankommt und sagt, dass ich verrückt sei. Mit Erreichen des Ortseingangs von Portomarín habe ich heute stolze 38 Kilometer zurückgelegt. Ich kann es kaum fassen. 38 Kilometer, nachdem ich vor rund 10 Stunden das Gefühl hatte, selbst die 15 Kilometer bis zum nächsten Ort nicht zu schaffen.

Vielleicht ist es dieses Glücksgefühl, das dazu beiträgt, dass mich nichts mehr schocken kann, auch nicht die Nachricht, dass es hier kein freies Bett mehr gibt. Weder

KIRCHE VON PORTOMARÍN

---

mich kann heute nichts mehr schocken,
auch nicht, dass es hier kein freies Bett mehr gibt

---

in der öffentlichen Herberge, noch in den privaten, kein Hotel, keine Pension, keine Ferienwohnung hat noch Kapazitäten – eine ganze Stadt „completo". Inzwischen ist unsere Gruppe auch komplett, und wir suchen uns ein schattiges Plätzchen in

der Nähe des Rathauses. Es hat heute geschlossen, genauso wie die Touristeninformation auch. Dafür ist der ganze Ort überfüllt von unzähligen Pilgern, aber auch von vielen Einheimischen, die diesen sonnigen Tag für einen Familienausflug nutzen. Es ist der 15. August, Mariä Himmelfahrt, in ganz Spanien ein Feiertag! Gabriel schlägt uns vor, einfach unsere müden Beine auszuruhen, während er sich in der Zwischenzeit um eine Unterkunft für uns bemüht. Innerhalb weniger Minuten haben sich alle gemütlich auf dem Boden niedergelassen. Der weite Weg, die Hitze, insgesamt die Anstrengung des Tages ist allen anzumerken. Den Gedanken, dass wir gegebenenfalls noch einen Ort weiterlaufen müssen, möchte keiner wirklich zulassen.

Ich auch nicht, aber an diesem besonderen Nachmittag ist es anders als sonst. Längst habe ich ein paar Stoßgebete Richtung Himmel geschickt, aber ich mache mir keine Sorgen darüber, womöglich kein Dach über dem Kopf zu haben. Ein seltsames Gefühl macht sich in mir breit, erst fällt es mir gar nicht so auf, aber mit der zunehmenden Sorge der anderen spüre ich es immer deutlicher. Es ist das *Vertrauen auf Gott,* dass Er es zum Guten führen wird. Wie das aussieht, weiß ich nicht und kann ich auch nicht erahnen, aber ich bin fest davon überzeugt, dass Er für uns sorgen wird – und wenn das im Letzten bedeutet, dass wir noch weitere sieben Kilometer laufen müssen, dann wird das einen Sinn haben, auch wenn ich (oder wir) ihn nicht erkennen. Dieses Gefühl von Vertrauen gibt mir Sicherheit und sehr viel innere Ruhe. Ich besorge ein paar kühle Ge-

---

Dieses Gefühl von Vertrauen auf Gott gibt mir Sicherheit und sehr viel innere Ruhe

---

tränke. Während meiner Abwesenheit war Gabriel hier, hat aber noch keine guten Nachrichten zu verkünden. Also heißt es weiter „warten". Fast eine weitere Stunde verbringen wir mit Zittern und Bangen, bis Gabriel schließlich die Lösung bereit hält.

Es gibt eine Notunterkunft in der Stadt, die nur geöffnet wird, wenn wirklich alles ausgebucht ist. Heute ist so ein Tag. Wir machen uns wieder auf den Weg und gelangen schnell zu einem Schulgebäude. Es ist hier nicht besonders sauber und auch nicht sonderlich schön, aber es ist trocken und nicht draußen. Wir haben für diese Nacht ein Dach über dem Kopf. Und nur darauf kommt es an. In zwei Klassenräumen stehen jeweils mehrere Etagenbetten. Ich suche mir eins, das frei im Raum steht und einigermaßen ordentlich aussieht. Die meisten Matratzen sind nicht sehr einladend und bei manchen Flecken möchte ich lieber nicht wissen, wo sie herrühren, darum ziehe ich auch schnell den Einwegbezug darüber. Es ist heute sehr abenteuerlich, aber doch auch irgendwie schön.

Der Tag hat mir gezeigt, dass man nicht immer alles durchplanen muss, sondern sich einfach auf Gott einlassen kann. Er hat mir gezeigt, dass man mit einer Portion Vertrauen nicht untergeht.

17

Der Schöpfer ist der beste Künstler

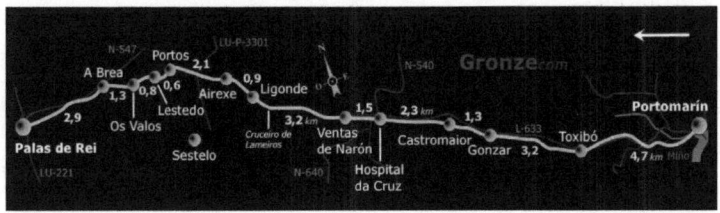

Der Schöpfer ist der beste Künstler

Der Weg beginnt sehr anstrengend, und gefühlt gehe ich über mehrere Stunden steil bergauf, dabei sind es eigentlich vereinzelt immer wieder mal Berge. Nachdem ich gestern sehr lange und gut mit Flo gesprochen hatte, ist er heute mit Thorsten weitergezogen.

Nach der Frühstückspause gehe ich mit Gabriel weiter. Es dauert nicht lange und wir kommen miteinander ins Gespräch. Er erzählt mir, dass heute ein ganz besonderer Tag für ihn sei. Heute ist der Jahrestag, an dem er sein erstes Gelübde abgelegt hat. Danach hat er viele Jahre u.a. Pädagogik, Musik, Philosophie, Theologie und Psychologie studiert und einige Jahre in Rom gelebt, bis er schließlich zum Diakon und später auch zum Priester geweiht wurde. Seine Worte sprudeln über vor Begeisterung und es ist deutlich zu spüren, dass es nicht einfach nur eine Berufswahl war, sondern tatsächlich seine Berufung, der Ruf Gottes, dem er gefolgt ist. In seinen Erzählungen, in seinen Predigten und in seinem Handeln geht es nur darum, den Menschen die Liebe Gottes näher zu bringen. Während er über seine

---

Es geht nur darum, den Menschen die Liebe Gottes näher zu bringen

---

Studienzeit berichtet, lässt er auch immer wieder einfließen, welche Unterschiede es zu der Priesterausbildung in Deutschland gibt. Außerdem erzählt er von seinem Bruder, der in Deutschland lebt, einen ähnlichen Weg eingeschlagen hat, aber nicht Priester geworden ist. Tatsächlich hatte ich mit seinem Bruder einen kurzen Telefonkontakt, als wir in Astorga waren. Gabriel hatte ihn angerufen und mir kurzerhand das Telefon in die Hand gedrückt. Es war eine lustige Situation, denn weder ich noch er hatten darum gebeten, aber es schien Gabriel eine große Freude zu bereiten.

Die Unterhaltungen mit Gabriel sind immer sehr nett, wenn gleich sie manchmal auch etwas schwerfällig sind. Er spricht kein deutsch und nur wenige Worte englisch. Mein spanisch ist so gut wie sein englisch, also haben wir quasi keine gemeinsame Sprache zum Kommunizieren. Wir nutzen zwar hin und wieder einen Übersetzer auf dem Handy, aber für ein intensives Gespräch ist diese Vorgehensweise nicht geeignet. Und es ist tatsächlich auch nicht nötig. Offensichtlich scheint der Heilige Geist dort ganz nah bei uns zu wehen, denn wir verstehen einander und können uns unterhalten, obwohl wir eben unterschiedliche Sprachen sprechen. Das kann man sich in etwa so vorstellen wie die Geschichte, die an Pfingsten erzählt wird. Der Heilige Geist kam da auf die Menschen herab und plötzlich verstanden alle die Sprache des anderen. Genauso ist es, denn sonst wäre es gar nicht möglich, sich über so komplexe Themen auszutauschen.

Der Heilige Geist kam herab. Genauso ist es,
sonst wäre es nicht möglich, sich über so komplexe Themen auszutauschen

---

Der Weg führt bergauf und bergab. Als wir an einer Anhöhe zurückblicken, zeigt sich uns ein phantastisches Bild. Über dem Tal und den Wäldern in der Ferne liegt der Morgennebel und durch die Sonne erstrahlt alles in einem zarten Goldton. Es scheint fast so, als hätte es jemand extra für uns kreiert. Voller Begeisterung bleiben wir einen Moment stehen und lassen es

EXTRA FÜR UNS KREIERT

auf uns wirken. *Der Schöpfer ist wirklich der beste Künstler.* Wie gern würde ich dieses Bild und jeden einzelnen Moment auf dem Weg für die Ewigkeit festhalte. Ein Foto kann vielleicht gut die Landschaft wiedergeben, aber die Stimmung, den Augenblick, die Geräusche, die in der Luft liegen, der leich-

te Wind, der durch die Haare säuselt oder auch den Frieden und die Freude, die für einen Moment tief ins Innere dringt, kann es niemals im Ganzen erfassen.

Ein Foto kann den Frieden und die Freude,
die für einen Moment tief ins Innere dringt, niemals erfassen

---

Nach einer Weile fragt mich nun Gabriel, was ich so mache und wie ich lebe. Ich erzähle ihm, dass ich Hausfrau bin und meine kleine Familie umsorge. „Ama de Casa" nennt sich das auf Spanisch, Seele des Hauses, klingt irgendwie viel netter als unser stumpfes „Hausfrau und Mutter". Vielleicht, weil der Begriff in unserer Zeit so negativ behaftet ist. Ich lebe in einer Generation, in der man nicht mehr einfach nur zu Hause bleibt, Haus, Mann und Kind versorgt und damit auch ein ausgefülltes Leben haben kann. Vielmehr geht es heute darum, in allen Lebenslagen perfekt zu funktionieren. Perfekter Haushalt, wohlerzogene Kinder, sinnerfüllter Job (schließlich will man ja auch finanziell unabhängig sein), gepflegter Garten, gesunde Ernährung, Zeit für Zweisamkeit und Freunde, ehrenamtliches Engagement. Man will das Beste für sein Kind, also stecken wir viel Energie in die Förderung jedes einzelnen Talentes, Fußball, Tennis, musikalische Früherziehung, Englisch für Kids, schon mancher Terminkalender eines Kindergartenkindes ist vergleichbar mit dem eines Vollzeitangestellten. Kommen die lieben Kleinen schließlich in die Schule, werden sie am besten bis ins Klassenzimmer gefahren, weil der Schulweg viel zu gefährlich, zu anstrengend oder zu weit ist. Vor den Grundschulen spielen sich wilde Szenen ab, um den bestmöglichen Parkplatz zu ergattern und alles bis zur Schultür im Blick haben zu können. Das zerrt an unseren Nerven und ist letztendlich auch nur zu bewerkstelligen, wenn man den Tag vom Aufstehen bis zum Schlafengehen zeitlich durchorganisiert hat. Die Menschen, die sagen „Du bist NUR Hausfrau" erkennen vielleicht nicht, wel-

cher Wert darin liegen kann. Vielleicht ist dadurch nicht mehrmals im Jahr ein Luxusurlaub möglich, oder das zweite Auto, aber die #Qualitytime#Familytime wie es so schön in sozialen Netzwerken bezeichnet wird, ist deutlich höher.

Ich erzähle Gabriel schließlich, dass ich krank bin und es überrascht ihn sehr. Depressionen und Ängste gehören einfach nicht zu dem Bild, was sich andere von mir machen. Dabei verstelle ich mich nicht, um anderen zu gefallen, binde jedoch nicht jedem auf die Nase, dass ich eine psychische Erkrankung habe. Zu schnell bekomme ich dann den Stempel aufgedrückt, nicht leistungsfähig oder nicht belastbar zu sein oder werde schlimmstenfalls gar nicht ernst genommen. Wobei es überhaupt nicht darauf ankommt, was andere denken oder schaffen (oder vorgeben zu schaffen), wichtig ist, dass meine Familie und ich glücklich sind. Gabriel schweigt eine Weile, dann nimmt er sein Handy und tippt etwas in den Übersetzer, offensichtlich will er sicher gehen, dass ich es richtig verstehe, was er mir sagen möchte. Er schaut mich an, lächelt tröstend und hält mir das Display hin: „Es gibt keine Zufälle", lese ich. Ich lächle

---

Es gibt keine Zufälle

---

zurück und er sagt mir, dass es gut ist, dass ich hier bin und den Weg gehe. Als mir später eine Weile alles zu schwer wird, gesellt er sich nochmal zu mir. Schweigend hält er meine plötzlich aufkommende Traurigkeit mit mir aus. Manchmal braucht es keine Worte. Manchmal braucht man einfach nur jemanden, der mit einem geht. Ich glaube, dass Gott mir solche Menschen zur Seite stellt.

In drei Tagen werden wir nun Santiago erreichen – für heute heißt es ➪ Palas de Rei. Alle Eindrücke des Weges werde ich weder hier noch mit den ganzen Fotos festgehalten haben

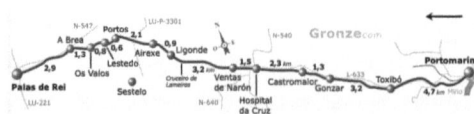

können. Dafür ist es zu viel. Man lernt so viele tolle Menschen kennen. Manche nur kurz, manche länger, mal verabschiedet man sich oder sieht sich zum ersten Mal. Es ist so unkompliziert und einfach. Die Welt wäre ein Stück besser, wenn sich alle Menschen überall so verhalten würden. Hier gibt es kaum Stress oder Ärger. Dafür viel Aufgeschlossenheit, Hilfsbereitschaft, Freundlichkeit. Eine Kommunikation ist über die Grenzen der eigenen Sprache hinaus verständlich möglich. Es gibt immer einen Weg und jeder geht seinen eigenen.

Es gibt immer einen Weg
und jeder geht seinen eigenen

PALAS DE REI

Ich glaube nicht, dass Santiago das Ziel ist. Jeder Camino hat sein eigenes Ziel und das ist für jeden individuell. „Der Weg ist das Ziel" ist vielleicht ein wenig zu leicht daher gesagt, doch stimmt es im Kern.

Santiago ist nur ein vorübergehendes Ziel, eine Teiletappe unseres Lebensweges; das viel größere Ziel können wir nicht fassen. Das viel größere Ziel liegt am Ende unseres Lebensweges, wenn wir unsere Augen in dieser Welt für immer schließen, um vom himmlischen Vater liebevoll, zart und sanftmütig aufgeweckt zu werden. Vielleicht ist dies auch ein kleiner Erklärungsversuch, warum wir immer wieder pilgern und das an Orte, an denen wir längst waren. Wir haben das Ziel noch nicht erreicht. Die Welt wird immer grauer und düsterer, weil die Menschen vergessen, dass es noch jemanden gibt, dem wir unser Leben verdanken und auf dessen Nähe, Fürsorge und Liebe wir jederzeit vertrauen und hoffen können. Wir sind nicht allein unterwegs, selbst

wenn gerade niemand bei uns ist. Gott will jeden Schritt mit uns gehen und tut es auch. Geben wir Ihm die Chance, uns ein lebendiger Begleiter zu sein, den wir in allem und allen erkennen können, wenn wir unser Herz für Ihn öffnen. Erzählen wir den Menschen von Ihm und werden wir nie müde darin.

18

die richtigen Begleiter

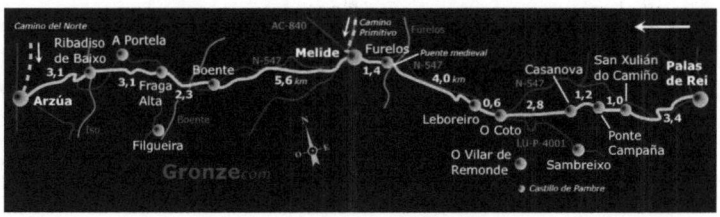

Gott schickt die richtigen Begleiter

Im Morgengrauen starte ich in den Tag. Und es fühlt sich auch an wie ein Morgen des Grauens. Kein Sonnenaufgang, der die Welt in rotes Licht taucht und einen Zauber über die Landschaft legt. Der Himmel ist hell schwarz und die Wolken dunkelgrau, zunächst erkenne ich den Weg nur durch das Licht meines Handys und die Stirnlampen der anderen. Ich fühle mich elendig. Rein körperlich macht es mir nichts aus. Meine Füße haben sich längst an das ständige Laufen gewöhnt, mein Rucksack schmiegt sich immer noch an wie ein kleines Baby und auf fünf Kilometer näher oder weiter kommt es nicht mehr an. Es ist vielmehr, als wenn die Umgebung mein Seelenleben widerspiegelt. Ich setzte einen Fuß vor den anderen, doch welchen Sinn soll es eigentlich haben? Es wird niemals besser werden. Wofür eigentlich eine Therapie machen oder Medikamente nehmen? Am Ende ist es sowieso wieder nur für einen kurzen Moment gut und dann ist die Welt, meine Welt, wieder farblos und in allen Nuancen von Schwarztönen getaucht. Ich stolpere durch die Landschaft, heute gibt es auch nichts Schönes zu sehen. Der Weg schlängelt sich mal wieder bergauf und es nieselt vor sich hin. Lauter nasses Gestrüpp, dunkle Wäldchen, trostlos wie der ganze Tag. Wie mein ganzes Leben. Die Blätter hängen, beschwert durch den Morgentau, traurig nach unten, zur Erde, zum Nichts. Ich schaue selbst auf den Boden und finde nichts

---

trostlos. Ich schaue auf den Boden und finde nichts außer Geröll und Steinen ...

---

außer Steinen und Geröll. Vielleicht sollte ich es einfach dabei belassen und nicht mehr weitergehen. Ich könnte einfach hier anhalten, mich hinlegen und keinen Schritt mehr tun. Ende, aus.

Gott scheint es allerdings anders zu sehen. Wir laufen gerade durch einen namenlosen Vorort, als sich plötzlich zwei Begleiter

zu mir gesellen. Links Fedele, der nette Italiener, rechts Gabriel. Beide haben sie ihre Pilgerstäbe in der Hand. Sie nehmen mein Tempo auf und gehen quasi im Gleichschritt mit mir. Ich finde es richtig komisch und so blicke ich vom Boden auf und schaue einige Male nach rechts und nach links. Sie zeigen keine Regung. Wie zwei Bodyguards laufen sie stumm mit Blick nach vorne neben mir her, sind das meine Beschützer? Der Weg macht mir

---

... Gott sieht es anders. Mit Blick nach vorne

---

keine Angst, aber meine Gedanken. Ich gehe wortlos weiter durch die graue Welt, aber mit jedem Schritt merke ich, dass es ein wenig heller wird. Sie begleiten mich einige Kilometer, ohne zu sprechen oder den Weg vor uns aus den Augen zu verlieren. So lange bis es ausgestanden ist. Es ist als wenn – nein, *Gott schickt mir zur richtigen Zeit die richtigen Wegbegleiter: seine Engel.*

Am Vormittag erreichen wir ⇨ Melide. Waren die letzten Tage eher von kleineren Dörfern und Städtchen geprägt, so findet man hier genau das Gegenteil. Es ist laut und hektisch. Der Jakobsweg führt uns vorbei an unzähligen Geschäften, Bars und Restaurants und verläuft direkt neben der Hauptstraße. Dennoch mag ich diese Stadt. Ich habe hier bereits zweimal übernachtet. Es gibt ein paar schöne Kirchen, die man sich anschauen kann. Und Melide ist bekannt für die vielen kleinen Lokale, in denen die Spezialität der Gegend „Pulpo" angeboten wird. Pulpo ist eine Seekrake, die in einem Sud gekocht und mit Brot, Olivenöl und scharfem Paprikagewürz serviert wird. Ich habe Pulpo auch schon mal probiert. Der Geschmack war gut, allerdings kann mein Kopf sich nicht dazu

PULPO IN MELIDE

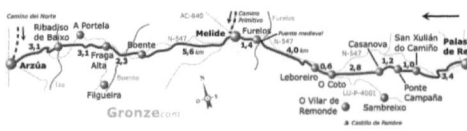

durchringen, die in kleine, mundgerechte Happen geschnittenen Arme des Oktopus zu essen, weil auch nach dem Garvorgang noch die kleinen Saugknöpfe an den Tentakeln zu erkennen sind und ich Angst habe, dass sie sich in meinem Hals festsaugen. Ich weiß, dass diese Angst völlig unbegründet und überflüssig ist, dennoch hindert es mich daran, diese Spezialität zu genießen, ich würde auch keinen grünen Ketchup essen!

Natürlich unterbrechen wir unseren Weg trotzdem in einer der bekanntesten Pulperien der Stadt. Schnell sind mehrere Portionen Pulpo bestellt, damit jeder ein paar Häppchen probieren kann. So gestärkt nehmen wir das letzte Stück für heute in Angriff.

Gutgelaunt und bei strahlenden Sonnenschein erreichen wir die öffentliche Herberge von ⇨ Ribadiso. Direkt hinter der Brücke findet man die kleine Unterkunft auf der rechten Seite. Ein einfaches Steinhaus, das genügend Platz bietet, daneben eine Bar mit Biergarten und ein hübscher Garten. Die Lage ist perfekt und es ist herrlich, wieder hier zu sein. Schnell ist das

HERBERGE IN RIBADISO

Es ist herrlich, wieder hier zu sein

Quartier bezogen und die Wäsche auf der Leine. Leider hat es Gabriel heute getroffen. Er bittet mich, einen kurzen Blick auf seine Insektenstiche auf dem Rücken zu werfen und die sind eindeutig: Bettwanzen! Ich gebe ihm meinen letzten schwarzen Müllsack, damit er seinen Rucksack in der Sonne erwärmen und somit gegebenenfalls noch vorhandene Viecher töten kann. Die anderen aus der Gruppe leihen ihm T-Shirt und Hose und so ist

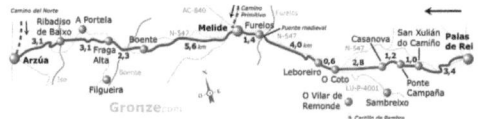

es ihm tatsächlich möglich, alle Dinge in der Waschmaschine zu waschen. Entgegen sonstiger Befürchtungen nimmt die ganze Aktion kaum zusätzliche Zeit in Anspruch, und es dauerte nicht lange, bis wir alle am Ufer des kleinen Baches sitzen und unsere Füße im kühlen Nass baden. Es ist ein toller Sommertag und die Stimmung ist super. Ein bisschen wirkt das Ganze wie ein Tag am Meer, am See oder in einem Freibad. Zwischendurch kümmern wir uns um das leibliche Wohl und genießen ein kühles Bier. Dass, während wir so ausgelassen, fröhlich und friedlich ein Sonnenbad nehmen, in dem rund 1000 Kilometer entfernten Barcelona ein Terroranschlag verübt wird, weiß zu diesem Zeitpunkt niemand. Und ich werde es auch erst am nächsten Tag erfahren.

Der Abend beginnt mit einer Messe. Diese feiern wir diesmal am Ufer des Baches. Ein kleiner Tisch dient als Altar, wir legen ein paar Blumen und das Minikreuz aus meiner Prayerbox dazu. Mehr Möglichkeiten gibt es hier nicht. Der Ort hat weder Kirche noch Kapelle, aber es ist für alle der perfekte Platz, um Gott nahe zu sein. Ich lese den Text des Tages auf deutsch und

Es ist für alle der perfekte Platz, um Gott nahe zu sein

weil er diesmal inhaltlich so schön zu dieser Stelle hier passt, wird er auch noch auf spanisch gelesen. Es geht darin um konkrete Anweisungen, die Josua von Gott erhält, damit das Volk Israel in das gelobte Land einziehen kann und somit die Zeit der Sklaverei und die Abhängigkeit in der Wüste ein Ende hat. Dafür ist es nötig, den Jordan zu überqueren. Bis Santiago ist es nicht mehr weit, dabei handelt es sich sicherlich nicht um das gelobte Land, von dem in der Bibel die Rede ist, aber es ist das Ziel unserer Pilgerreise, es ist der Ort, an dem Mühsal, Qual und Entbehrungen enden. Haben wir auf dem Weg vielleicht manche Wüste durchschritten, so können wir jetzt schon darauf hoffen, das „gelobte" Land zu finden, eben diese anstrengende Zeit auf dem Weg hinter uns zu lassen und darüber in Jubel, Freude und Dankbarkeit ausbrechen, dass Gott uns diesen Weg hierher geführt hat. Ich finde es sehr passend, das ausgerechnet dieser Text heute an der Reihe ist, wo wir hier am Ufer eines Baches sitzen und Messe feiern. Kann es einen besseren Ort geben? Ich glaube nicht! Fast alle Pilger, die an diesem Abend hier eine Unterkunft gefunden haben, sind dazugekommen, wir sind eine große Gemeinschaft. Wir beten und singen, schweigen und hören. Eine besondere Atmosphäre liegt über dieser Stunde. Hier ist der Ort, an dem wir Gott begegnen, in seinem Wort, in der Eucharistie und in den Menschen, die sich mit uns hier versammelt haben.

Anschließend gehen wir zum gemütlichen Teil über. In der Bar haben wir schnell einige Tische zusammengeschoben, so dass wir eine lange Tafel haben, an der alle Platz finden. Wir sind nun etwa 30 Personen und international. Mutter und Sohn aus Kalifornien, die brasilianische Oma mit ihrer Familie, die Portugiesen, ein paar Deutsche, Ungarn, einige Spanier und Italiener, bestimmt habe ich nun irgendjemanden vergessen. Bunt gemischt nehmen alle Platz, wo es gerade passt, und schnell kommt man ins Gespräch. Ja, hier versteht man sich, selbst wenn man die Sprache des anderen nicht beherrscht. Was mit Worten nicht ausgedrückt werden kann, wird mit Händen und Füßen erzählt, von anderen Mitpilgern übersetzt oder im Notfall ins Handy eingetippt. Es wird gesungen und gelacht, gegessen und getrunken und es ist, als wenn wir alle eine große

Familie sind. Wer uns von außen beobachtet, würde nie auf die Idee kommen, dass wir uns maximal drei Wochen kennen. Es ist ein Familienfest, nur dass es dafür keinen besonderen Anlass und auch die Querelen, die sonst schnell bei solchen Festen aufkommen, nicht gibt. Hier gibt es nicht die Tante, die spitze Bemerkungen macht oder den Cousin, der schnell ein Glas Alkohol zu viel getrunken hat und schlechte Stimmung verbreitet, niemand murrt über das Essen oder die falschen Getränke, die unpassende Lautstärke oder das falsche Ambiente, die anstrengende Arbeit, die nervigen Kinder, den falschen Fußballverein, niemand prahlt mit seinem Vermögen oder beklagt sich, dass die Brötchen beim örtlichen Bäcker schon wieder einen Cent teurer geworden sind. Nein, hier darf einfach jeder sein, eben so, wie er jetzt gerade ist. Ungeschminkt, echt. Niemand muss etwas beweisen oder besonderes leisten, um Teil der Gemein-

---

Ungeschminkt, echt. Im Alltag viel zu selten.

---

schaft sein zu können. Es genügt, einfach man selbst zu sein. Wie kostbar sind doch solche Stunden. Und leider im normalen Alltag viel zu selten.

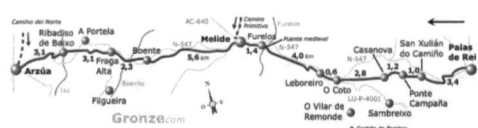

19

Gott hat jede Träne mitgeweint

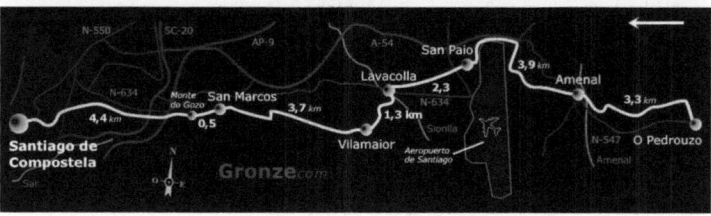

Gott ist hier und hat jede Träne mitgeweint

Fast macht es den Eindruck, als wenn der Camino weint, weil wir heute die letzte große Etappe in Angriff nehmen. Zum ersten Mal in der ganzen Zeit, die ich nun schon hier in Spanien unterwegs bin, regnet es. Es ist nicht einfach nur ein wenig Nieseln, sondern richtig Regen. Also ziehe ich meine Regenjacke an, hülle meinen Rucksack ein und verstaue das Handy wasserdicht. Immerhin habe ich nun keines meiner Dinge unnötig durch die Gegend getragen, nein, ich habe jedes Teil in meinem Gepäck auch tatsächlich gebraucht. Freude macht sich heute bei mir nicht breit, ich kann mir tausend Dinge vorstellen, die mehr Spaß machen, als im Dunkeln durch Regen zu Fuß durch Galizien zu laufen. Eine Weile gehe ich mit Gabriel und einem seiner Mitstreiter. Erst schweigen wir, doch als die Dämmerung immer weiter schwindet und das Tageslicht zunimmt, erzählen sie mir, dass es in Barcelona einen Terroranschlag gegeben hat. Zum ersten Mal überhaupt kommen wir hier an unsere sprachlichen Grenzen. Ob auf englisch oder spanisch, ich verstehe leider nur

Terror. Wir kommen an unsere sprachlichen Grenzen

sehr bruchstückhaft, was sie mir berichten wollen. Da auch der Übersetzer auf dem Handy dabei nicht viel weiterhilft, erkläre ich schließlich, dass ich mal das Internet nach Nachrichten auf deutsch befragen werde. Annähernd drei Wochen habe ich so gut wie keine Neuigkeit aus der Welt erfahren. Und eigentlich habe ich es auch nicht vermisst. Ich tippe also „Terror in Barcelona" in mein Smartphone und binnen kürzester Zeit erscheinen ein paar Berichte. Ich lese ein wenig, während die anderen schweigend neben mir herlaufen. Ich bin sehr erschrocken über die Geschehnisse, bisher hatte ich Spanien immer als sehr sicher empfunden. Dass es hin und wieder in der Vergangenheit verschiedene Anschläge gab, habe ich ausgeblendet. Es ist ein

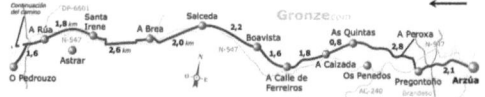

193

dunkler Tag für Spanien. Nicht nur die Menschen in Barcelona sind geschockt, ein ganzes Land trauert mit den Opfern, den Angehörigen und den Menschen, die unmittelbar vor Ort waren. Und es macht mich selbst auch betroffen. Ein Pilger, der sich unserer Gruppe angeschlossen hat, wohnt in Barcelona. Seine Familie, Freunde und Kollegen sind glücklicherweise nicht unter den Opfern. Dennoch ist es dadurch sehr nah. In allen Restaurants und Bars sind die Fernseher eingeschaltet; statt des üblichen Programms, wie Talkshows oder Sportsendungen, laufen auf allen Sendern Nachrichten. Die Geschehnisse werden zusammengefasst, neue Erkenntnisse der Öffentlichkeit weitergegeben. Ein Lieferwagen war in eine Menschenmenge gerast und hatte 13 Personen in den Tod gerissen. Immer wieder werden die gleichen Videosequenzen gezeigt; die lautstarken Gespräche und das Gelächter sind heute verstummt, stattdessen lauschen alle den Journalisten im Fernsehen.

Auch unterwegs ist es immer wieder Thema. Ich frage Gabriel, wo Gott ist. Seine Antwort ist zunächst ganz kurz, doch

---

Ich frage: wo ist Gott?

---

fasst sie eigentlich alles zusammen: Gott ist hier! Hier auf dem Camino, wo alle gelernt haben, friedlich miteinander zu leben und liebevoll und fürsorglich miteinander umgehen. Er ist bei unseren Freunden und Familien, die wir zu Hause gelassen haben, und ja, er ist und war auch bei den Menschen in Barcelona.

Warum lässt Gott das zu? Warum gibt es überhaupt Leid in der Welt? Die Frage nach dem Leid und der Verbindung zu Gott haben sich die Menschen wohl seit jeher gestellt. Sie ist zu allen Zeit aktuell, nämlich immer dann, wenn ein Unglück geschieht, das nicht vorhersehbar ist, über uns hereinbricht, uns fassungslos und ohnmächtig macht. Und sie kann im Letzten nicht be-

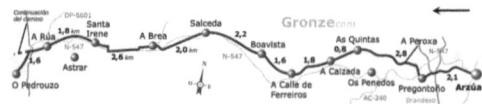

antwortet werden. Auch wenn ich selbst immer wieder die Frage nach Gott stelle, so glaube ich dennoch, dass Gott immer bei uns ist und dass er das Leid nicht gemacht hat. Er hat uns Menschen die Freiheit gegeben, eigenständig zu handeln und damit gleichzeitig auch die Verantwortung, Gutes von Bösem zu unterscheiden. Selbst wenn wir erkennen, dass etwas Unrecht ist, können wir noch frei entscheiden, es zu tun oder zu lassen. Wir sind keine Marionetten, deren Fäden in den Himmel reichen und als Puppentheater über die Bühne „Leben" gespielt werden. Dann wären wir auch nicht frei. Gott lenkt nur unsere Wege und zeigt uns, welches die richtige Richtung ist, aber gehen müssen wir sie selbst. Manchmal ist es vielleicht auch nicht (sofort) ganz klar, schließlich malt er keine Pfeile oder Muscheln auf unser Leben, an denen wir uns orientieren können. Allerdings finden wir zum Beispiel in der Bibel viele Hinweise, die uns zu Wegweisern werden können: wenn wir auf Jesus schauen, wie Er gehandelt hat, oder im alten Testament die zehn Gebote. Ich weiß, dass viele genau das als Einschränkung / Verbot sehen, dabei geht es Gott gar nicht darum, den Menschen den Spaß am Leben zu verderben, sondern uns quasi einen Leitfaden an die Hand zu geben, wie ein liebevolles und friedliches Leben miteinander gelingen kann. Ebenso schlagen wir vielleicht auch mal die falsche Richtung ein und merken irgendwann, dass wir uns verlaufen oder „in etwas verrannt haben". Das Schöne ist, dass wir jederzeit die Möglichkeit haben, umzukehren und neu zu beginnen. Und wir können sicher sein, dass Er auch diesen Weg mit uns geht.

Es ist nicht leicht, sich an dem Glauben festzuhalten, wenn mir Unrecht widerfährt. Je größer und tiefer die Verletzungen

---

Es ist nicht leicht, am Glauben festzuhalten, wenn mir Unrecht widerfährt

---

sind, desto größer werden auch meine Zweifel, ob Gott wirklich immer da ist. Warum lässt er das zu und greift nicht ein?

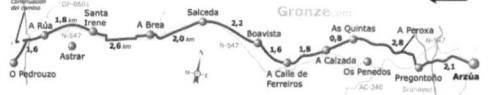

Schnell macht sich das Gefühl von Einsamkeit und Verlassenheit breit. Ich glaube, dass Gott nicht immer spürbar ist und darum auch solche Gefühle ihre Berechtigung haben. Ich kenne eine Frau, die in ihrer Kindheit und Jugend immer wieder missbraucht wurde. Sie hat sehr gelitten und konnte es lange Zeit niemandem erzählen. Zu sehr war sie an Körper und Seele verletzt worden, zu tief saßen ihre Ängste, ihre Scham und die eigenen Schuldgefühle. Sie fühlte sich von Gott allein und im Stich gelassen. In den Momenten, wo es ihr am schlechtesten ging, sie gelitten hatte und manchmal sogar nicht mehr leben wollte, war sie allein gewesen. Dennoch glaubte sie an Gott, dass Er (eigentlich) immer da ist und auch heute noch lebendig ist. Sie betete und fing an, Gott in ihrem Leben zu suchen. Je öfter sie das tat, desto mehr erkannte sie, dass Gott immer gegenwärtig ist, nicht nur in den großen Momenten des Lebens, sondern konkret in ihrem Alltag, in vielen kleinen Dingen, jeden Tag. Manchmal polterte Er regelrecht durch ihr Leben, manchmal war Er aber auch nur ganz leise zu erkennen. Sie erzählte mir, dass sie irgendwann einen Punkt erreichte, an dem sie glauben konnte, dass Gott auch in den schlimmsten Augenblicken, im größten Leid und der tiefsten Not da war. Eben nur nicht spürbar, aber sie konnte nicht mehr daran zweifeln. Die Frage, warum Er sie nicht hat sterben lassen, beantwortete sie damit, dass Gott für jeden einzelnen Menschen einen Plan hat und sie diesen erst erfüllen müsste. Sie sagte auch, dass sie die Frage nach dem Warum nicht beantwortet bekommt, aber das sei auch in den Hintergrund gerückt und hätte an Gewicht verloren. Vielmehr glaubt sie (und das glaube ich auch), dass *Gott mit ihr gelitten hat,* *den Schmerz genauso miterlebt und jede Träne mit geweint hat.* In keiner Sekunde hat Er sie allein gelassen, sondern sein Wort gehalten, dass Er alle Tage bei uns ist. Gott macht weder die Krankheiten noch die Nöte, aber Er steht sie mit uns durch, immer!

Heute will der Weg kein Ende nehmen. Immer wieder machen wir Halt und ruhen uns ein wenig aus. Dabei nehmen wir

auch Rücksicht auf Alfonso. Ihm geht es heute nicht gut, und er kommt nur sehr langsam voran. Er möchte uns nicht aufhalten und hat daher vorgeschlagen, dass wir einfach weiterlaufen. Das ist für uns aber keine Option. Also gehen wir einige Kilometer und warten dann immer wieder auf ihn. Keiner von uns scheint es eilig zu haben, Monto do Gozo (den Berg der Freu-

Keiner von uns hat es eilig, den Berg der Freude zu erreichen

de) zu erreichen, denn er ist das letzte Etappenziel vor unserer Ankunft in Santiago. Kaum zu glauben, dass es morgen schon zu Ende sein soll.

Irgendwo zwischen den schlechten Nachrichten dieses Tages, mischen sich auch Spaß und Freude unter uns. Einer der Spanier versucht die Sprache der anderen nachzuahmen, während wir raten sollen, welche Nationalität gemeint ist. Wir kringeln uns vor lachen, weil es ihm zwar ein wenig überspitzt, aber doch sehr zutreffend gelingt.

Auf dem Weg um den Flughafen von Santiago herum treffen wir auch wieder die Pilgerin aus Ungarn. Sie ist mittlerweile ein Team geworden mit dem Schwaben. Der Regen ist längst weggezogen und die Sonne lacht uns entgegen. Die beiden haben es sich für eine kleine Pause am Wegrand im Schatten gemütlich gemacht. Freudestrahlend begrüßen sie uns und wir nutzen ebenfalls die Gelegenheit zu verschnaufen. „Kannst du Gabriel fragen, wann wir heute Abend Messe feiern?" bittet sie mich. Ich drehe mich zu ihm um, stelle ihm die Frage auf deutsch und be-

FLUGHAFEN SANTIAGO

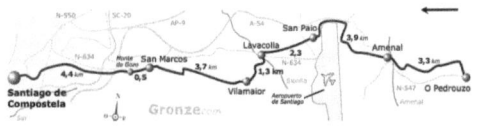

197

komme eine Antwort auf spanisch, die ich dann weitergebe. „Na auf deutsch hätte ich auch fragen können", lacht sie und fügt an „ich dachte du sprichst fließend spanisch". Nein, von fließend spanisch sprechen bin ich weit entfernt, aber es ist dieses Phänomen, das wir schon mehrfach auf dem Weg erlebt haben: wenn man einander verstehen möchte, dann ist es egal, welche Sprache man spricht!

Wenn man einander verstehen möchte, ist es egal, welche Sprache man spricht

---

Am frühen Nachmittag gönnen wir uns kurz vor ➪ Lavacolla eine große Mittagspause. Etwa eineinhalb bis zwei Stunden Fußweg liegen später noch vor uns. In einem Restaurant stellen wir in gewohnter Weise schnell einige Tische zusammen und setzen uns gemeinsam an die große Tafel. Es tut gut, den Rucksack abzusetzen und die Füße auszuruhen. Und es ist auch die richtige Entscheidung, jetzt Halt zu machen, denn würden wir bis zum Tagesziel warten, wären die Küchen gerade geschlossen. Wir lassen es uns gut gehen und bestellen unterschiedliche Tagesmenüs, dazu gibt es Brot, Wein und Wasser. Auch hier flackern die aktuellen Geschehnisse über einen große Bildschirm, allerdings hat der Wirt den Ton leise gedreht, so dass auch eine Unterhaltung am Tisch möglich ist. Wir nutzen die Zeit nun auch, um Alfonso die Möglichkeit zu geben, uns wieder einzuholen. Bei unserem letzten Kontakt war er etwa 45 Minuten hinter uns.

Nachdem auch Alfonso sich ausgeruht, gegessen und getrunken hat, gehen wir gemeinsam weiter und erreichen am frühen Abend nach 38 Kilometer den ➪ Monto do Gozo. In der öffentlichen Herberge bekommen wir problemlos noch ein Bett. Wir beziehen unser Quartier und machen

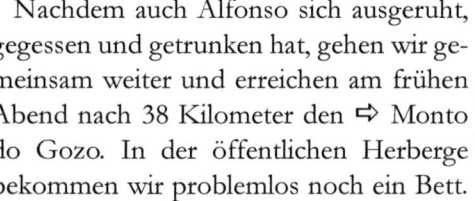

MONTO DO GOZO

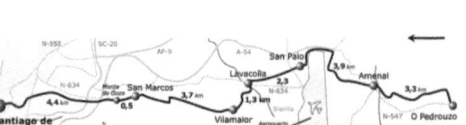

uns frisch, aber die Zeit ist heute wirklich weit fortgeschritten. Statt der üblichen Handwäsche gönnen wir der Kleidung daher eine Runde in der Waschmaschine und im Trockner.

Pünktlich um 19 Uhr sitzen wir alle frisch geduscht und mit sauberer Kleidung in der kleinen Kapelle. Es ist unsere letzte gemeinsame Messe, bevor wir unser Ziel erreicht haben. Gabriel spielt Gitarre und singt. Nach dem Schlusssegen versammeln wir uns nochmal alle um den Altar. Der Priester nimmt sich viel Zeit, fragt jeden nach seinem Namen, seiner Herkunft, wo er gestartet ist und wie oft er schon auf dem Jakobsweg war. Eine besondere Stimmung liegt in der Luft. Manchem wird erst in diesem Moment bewusst, wie weit er schon zu Fuß gegangen ist, die Erinnerungen an schöne Stunden finden Platz, genauso wie die Augenblicke der Freude, der Trauer, das Abschiednehmen und das Wiedersehen. Die ein oder andere Träne läuft zaghaft und leise über die Wangen der anwesenden Pilger. Jedem Einzelnen wird die Hand aufgelegt und der Segen zugesprochen. Ein wunderschöner Moment. Ganz berührt und beseelt verlasse ich die kleine Kirche, und während ich auf die anderen warte und mein Blick auf den Boden fällt, erblicke ich eine Friedenstaube, die jemand dort gemalt hat. Frieden – er hat sich gerade auf meine Seele gelegt, bestimmt das Miteinander in dieser Gruppe und auch untereinander auf dem Weg. Könnte es an diesem Tag, an dem wir so-

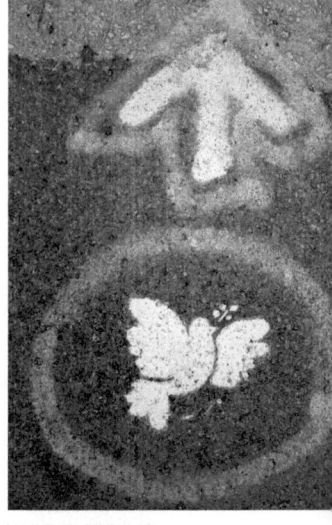

✝

*Friede hat sich auf meine Seele gelegt,
nachdem wir soviel über Unfrieden gesprochen haben*

viel über Unfrieden in der Welt gehört, gesehen und gesprochen haben, ein besseres Zeichen geben? Friede – Peace – Paz!

VOR DER KAPELLE

Auch wenn wir alle nun sehr entspannt sind, macht sich dennoch etwas Eile breit. Der einzige Supermarkt, der unsere Versorgung mit Lebensmitteln sicherstellen könnte, schließt in absehbarer Zeit und so machen wir uns auf, um noch für's Abendessen einzukaufen. Viel hat das kleine Lädchen an diesem Abend nicht mehr zu bieten, also kaufen wir wirklich fast den halben Laden leer. Sämtliche Baguettebrote, 40 Scheiben Käse, 40 Scheiben Schinken, ein paar Tomaten, Gurken, Saft, Milch, Wasser, Wein und Bier, immerhin wollen 15 bis 20 hungrige Pilger versorgt werden.

Kurze Zeit später sitzen wir alle gemeinsam in der Küche, schnibbeln das Gemüse und belegen die Brote. Als alles fertig ist, werden wir einen Moment still, Gabriel spricht ein Gebet und dann greifen alle hungrig zu.

Im Moment bin ich noch mit der gemischten Gruppe unterwegs. Sie passen auf mich auf und nehmen auch manchmal Rücksicht. Heute ist das große Gesprächsthema der morgige Tag, an dem wir nun endlich Santiago erreichen werden. Ein bisschen Wehmut kommt in mir auf, denn es bedeutet auch, dass ich Abschied nehmen muss und meine Zeit hier bald zu Ende geht. Aus den Unterhaltungen bekomme ich mit, dass die meisten bereits eine Unterkunft in der Stadt reserviert haben. Zum ersten Mal seit einer gefühlten Ewigkeit überkommt mich wieder eine Sorge. Ich habe nichts geplant. Ich habe daran gar keinen Gedanken verschwendet, sondern in den letzten Tagen wirklich nur im Hier und Jetzt gelebt. Wie soll ich denn jetzt so schnell noch eine Unterkunft finden? Und mit wem? Alle haben sich in Gruppen zusammengeschlossen, sind wenigstens zu zweit oder zu dritt, werde ich allein sein? Für einen Moment fühle ich mich einsam und mache mir selbst Vorwürfe, dass ich nicht vorgesorgt habe. Schließlich lässt es mir keine Ruhe und ich frage Gabriel, wo sie alle am nächsten Tag übernachten werden. Er lächelt beruhigend und antwortet: „you sleep with me".

Seine beiden jugendlichen Begleiter prusten laut los. Er erklärt mir, dass er eine Gruppenunterkunft in Santiago organisiert habe. Er sei zwar nur zu dritt losgelaufen, hätte aber vorsorglich für neun Personen Betten reserviert, unsere Gruppe (einschließlich mir) besteht aus sieben Leuten, somit passt es super. Ich bin sprachlos und überwältigt.

Ehe es Zeit zum Schlafengehen ist, machen wir uns noch einmal gemeinsam auf den Weg. Nicht weit von unserer Unterkunft entfernt, befinden sich zwei große Pilgerstatuen. Sie haben ihren Blick Richtung Westen gerichtet und zeigen mit ihren Fingern dorthin. Es ist die Stelle, an der man zum ersten Mal die Kathedrale von Santiago de Compostela erblicken kann. Noch ist sie klein und scheint weit entfernt zu sein, aber wir haben das Ziel vor Augen. Schnell noch ein Gruppenfoto und dann werden wir still. Jeder sucht sich einen Sitzplatz. Unsere Blicke sind auf die Kathedrale gerichtet und auf die Sonne, die noch darüber steht, aber in absehbarer Zeit untergehen wird. Ein letztes Mal taucht sie unter, um gleichzeitig den Menschen am anderen Ende der Welt das Licht und die Freude des neuen Morgens zu bringen.

MONTO DO GOZO

Die Sonne taucht unter, um am anderen Ende der Welt den neuen Morgen zu bringen

Der Anblick berührt mich sehr. Meine Gedanken schweifen ein wenig ab, ich denke an die vielen freudigen Momente, die ich hier auf dem Weg erlebt habe, aber auch an manche Mühen und

Qualen, Trauer, Angst und Zweifel. Morgen ist das alles vorbei. Seltsam dieses Gefühl, dass es nun ein Ende haben wird. Meine Gedanken werden von leisem Gesang durchbrochen, den Gabriel anstimmt. Er hat eine sehr schöne, beruhigende Stimme. Ich verstehe nicht jedes Wort, das er singt, aber ich verstehe die Botschaft, es ist ein Loblied auf unseren großen Gott, der uns jede Sekunde auf dem Weg, ja in unserem ganzen Leben begleitet.

Ein Loblied auf Gott, der uns jede Sekunde auf dem Weg begleitet

Als die Sonne untergegangen ist und nur noch ihre letzten Strahlen am Horizont zu erkennen sind, fassen wir uns an die Hände und beten gemeinsam das Vater Unser. In diesem so friedvollen Moment scheint die Zeit angehalten worden zu sein und die Welt sich nicht mehr zu drehen. Vielleicht ist das ein kleiner Hauch von Ewigkeit, den wir dort alle spüren dürfen.

20

Freunde an meiner Seite

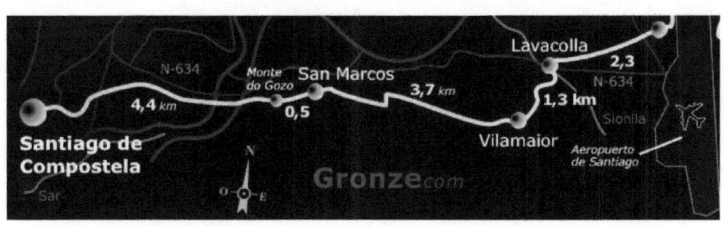

Freunde an meiner Seite

Dieser Morgen unterscheidet sich kaum von den anderen, und doch ist er etwas ganz besonderes. Nur noch wenige Kilometer und wir werden die Kathedrale und damit auch das Grab des Apostels Jakobus erreichen. Niemand soll zurückbleiben, also warten wir zunächst noch auf die beiden Amerikaner, die ein paar Kilometer vorher übernachtet haben. In der Dunkelheit geht es schließlich los. Ich erkenne im Schein der Stirn- und Handylampen weder die Pfeile noch den Weg. Doch diesmal habe ich keine Angst vor der Dunkelheit. Ich habe *Freunde an meiner Seite*, die mir den Weg zeigen und auf mich Acht geben.

AUFBRUCH AM MONTO

Ich habe in den letzten Tagen öfter darüber nachgedacht, wie es wohl sein wird, in Santiago anzukommen, schließlich bin ich ja

wie wird es sein, anzukommen? ...

nun zum dritten Mal hier. Wird es wohl anders sein als die Male davor oder ist es einfach eine Wiederholung, kenne ich schon, dort war ich schon mal, ist schön, aber nichts Neues. Für's erste kann ich diese Fragen getrost bei Seite schieben, denn den Weg, den wir vom Monto do Gozo einschlagen, ist ein anderer als jenen, den ich die beiden Male zuvor gegangen bin. Es scheint dennoch ein offizieller Weg zu sein, denn die Muschelsymbole, Hinweisschilder und gelben Pfeile sind auch hier zu finden – sofern man sie im Halbdunkel erkennt. Ich freue mich darüber! Zwar verpasse ich nun die große Tafel, die den Ortseingang von Santiago markiert und quasi ein „Foto-Muss" für jeden Pilger ist, aber der Weg nun war anders, ich habe mich verändert, die

Menschen, die mich begleiten, habe ich erst unterwegs kennen- und schätzen gelernt. Ich bin einen neuen Weg gegangen, nicht auf der Landkarte, aber mit meinem Inneren, und so darf auch ein neues Wegstück dazugehören.

Langsam verzieht sich die Dunkelheit der Nacht und der neue Morgen bricht an. Es ist ein toller Zeitpunkt, um unterwegs zu sein. Mit jedem Schritt, den wir dem Ziel entgegen gehen, wird es etwas heller. Das gilt an diesem Morgen besonders für den Übergang von der Nacht zum neuen Tag, aber wenn man zurückschaut, glaub' ich, auch für den ganzen Weg, den ich nun gegangen bin. Viele Dinge, die mir zu Beginn meiner Pilgerreise sehr wichtig waren, sind ganz klein geworden oder spielen überhaupt keine Rolle mehr. Auf diesem Weg gibt es für

---

Viele Dinge, die mir zu Beginn wichtig waren, spielen keine Rolle mehr

---

alles eine Lösung, wenn auch vielleicht nicht immer genau die, die man sich gewünscht hat. Wenn man einfach nur auf Gott vertraut, ist man hier, aber eben auch in unserem ganzen Leben, auf der sicheren Seite.

Für einen Moment werde ich aus meinen Gedanken gerissen, und wir bleiben stehen. Zwei Frauen begrüßen uns fröhlich; wir hatten sie irgendwo im Laufe der vergangenen Wochen getroffen, aber dann aus den Augen verloren, sie waren einfach schneller oder auf anderen Etappen unterwegs. Die Freude ist groß. Was ein Zufall – wobei ich nicht glaube, dass es Zufälle gibt! Wenn Gott sich tarnen will, nutzt er den Mantel des Zufalls; oder in einem Wort zusammengefasst: Fügung.

Und dann scheint es plötzlich ganz schnell zu gehen, wie im Flug erreichen wir die lange Straße, die direkt in die Altstadt führt. Bevor wir die letzte Ampelkreuzung passieren, mache ich noch schnell ein Foto der Bodenplatten. In verschiedenen Spra-

chen ist dort eingelassen: Europa ist auf der Pilgerschaft geboren! Zumindest ist das die deutsche Fassung. In den anderen Sprachen bezieht es sich noch konkreter auf Santiago.

EUROPA IST AUF DER PILGERSCHAFT GEBOREN

Wir betreten die Altstadt und tiefe Freude überkommt mich. Man sagt, jeder bekommt in ⇨ Santiago den Empfang, den er verdient hat. Beim ersten Mal war es Nieselregen, beim zweiten Mal ein Dudelsackspieler und strahlender Sonnenschein. Einen klitzekleinen Moment überlege ich, wie es heute sein kann und dann erlebe ich etwas, das schöner nicht hätte sein können. Wir biegen gera-

... es hätte nicht schöner sein können.

de an der letzten Ecke auf die Straße, die uns nun direkt zur Kathedrale führen wird, da hören wir lautes Klatschen und Grölen und im nächsten Augenblick versinken wir in einem Meer aus Jubel, Umarmungen, Küsschen und grenzenloser Freude. Die Brasilianer und Portugiesen waren bereits am Tag zuvor in Santiago ankommen, aber wollten es sich nicht nehmen lassen, die letzten Meter mit uns gemeinsam zu gehen. Also sind sie zeitig aufgestanden und haben auf uns gewartet. Die Wiedersehensfreude ist nahezu grenzenlos, es ist fast, als wenn man seine Familie nach ganz langer Zeit wieder in die Arme schließen kann. Wir sind in dieser Zeit auch eine Art Familie geworden. Vielleicht nicht so, wie man sich das klassische Bild vorstellt: Vater, Mutter, Kind, Haus, Garten, Friede, Freude, Eierkuchen. Bis auf wenige Ausnahmen ist hier niemand mit dem anderen blutsverwandt. Aber es fehlt nichts, was das Idealbild einer heilen Familie trüben könnte. Jeder wird als wertvolle Person wahrgenommen und zwar genau so, wie man ist, mit allen gu-

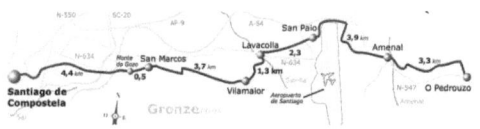

ten Seiten und Stärken, aber eben auch mit seinen Eigenarten und Schwächen. Hier darf jeder einfach ich selbst sein. Und das schafft ein Gefühl von Geborgenheit und Liebe, Nächstenliebe zwischen den Menschen. Das ist etwas, dass ich gerade oft erfahren durfte. Mir wird soviel geschenkt, das ich niemals zurückgeben kann. Liebe ist und bleibt ein Geschenk. Für immer und ewig! Durch Gott an die Menschen und diese untereinander. Liebt euch, dann wird die Welt jeden Tag ein Stückchen besser. Wir dürfen nicht aufhören, an die Liebe zu glauben. Sie ist beständig, fordert nichts, gibt sich mit ganzer Kraft. Die Liebe hört niemals auf!

Das letzte Stück gehen wir alle gemeinsam und erreichen schließlich kurze Zeit später die Kathedrale von Santiago de Compostela. Es ist ein wunderschöner Moment, der sich mit Worten nicht beschreiben lässt und auch in der Wiederholung nichts an seinem Zauber und seiner Einmaligkeit verliert. Trotzdem schwingt ganz zaghaft das Gefühl mit, dass meine Reise noch nicht zu Ende ist.

---

19. August 2017, 8:20 Uhr, 490 Kilometer zu Fuß, 20 Lauftage

KATHEDRALE VON SANTIAGO DE COMPOSTELA

Wir baden eine Weile im Glück des Ankommens bis sich schließlich auch ganz normale Bedürfnisse wieder zu Wort melden: Hunger. Also steuern wir als erstes eine kleine Bar an, wo wir uns bei Café con leche, Croissants und Churros stärken.

Die Unterkunft ist nicht weit entfernt. Es ist eine Bildungsstätte, die aber zur Zeit nicht genutzt wird. Zum ersten (und einzigen Mal) überkommen mich ein paar Zweifel, ob es alles gut ist, wie ich es mache. Plötzlich fällt mir auf, dass unsere Gruppe bis auf mich nur aus Männern besteht. Bisher war mir das nie so ganz bewusst, zumal immer wieder andere Frauen dabei waren. Aber sie haben sich alle selbst um eine Übernachtungsmöglichkeit bemüht. Der Hausherr ist sehr freundlich und sorgt dafür, dass meine Zweifel ausgeräumt werden, ehe ich sie aussprechen konnte. Selbstverständlich gibt es im Haus getrennte Sanitäranlagen, und so habe ich zum ersten Mal seit drei Wochen ein kleines Badezimmer samt Toilette für mich ganz allein. Die Duschen befinden sich außerhalb des Gebäudes neben einem kleinen Sportplatz, den die Natur langsam aber sicher zurückerobert hat und die auch ganz offensichtlich länger nicht genutzt wurden. Die Tür ist leicht beschädigt, als er sie aufschließt und das Licht anschaltet, flüchten zunächst erst einmal ganz viele Fliegen. So ganz wohl fühle ich mich hier nicht.

Die Jungs, mit denen ich unterwegs war, sind wahre Gentlemen und so lassen sie mir den Vortritt für die Körperpflege. Ich schnappe mir Handtuch, Duschzeug und frische Klamotten und mache mich auf. Vorsichtig öffne ich die Tür, denn ich habe keine Lust, von den Fliegen angegriffen zu werden. Sie scheinen aber verschwunden zu sein. Es gibt vier Duschen. Die erste hat leider keinen Duschkopf, die zweite gibt nur braunes Wasser her, aber die dritte verfügt über einen sauberen Duschkopf und klares, warmes Wasser. Während ich mich einschäume und die Wasserstrahlen auf mich niederprasseln, wird mir bewusst, welcher Luxus mir hier geschenkt wird. Im Vergleich zu den anderen Unterkünften, die ich in der ganzen Zeit genutzt habe, gehört diese hier bestimmt zu den Einfachsten. Doch ich habe diese Duschräume für mich ganz alleine. Egal wie toll auch die anderen Herbergen waren, Dusche und Toilette musste man immer mit anderen Personen teilen. Hier drängelt niemand oder wartet darauf, dass ich zügig fertig werde. In aller Ruhe kann ich duschen, mich abtrocknen, meine Füße pflegen und meine Wäsche waschen, kein Fragen, Klopfen, ungeduldiges Scharren. Hätte mir am Anfang der Reise jemand gesagt, dass ich ausgerechnet einen solchen Ort als Luxus bezeichnen würde, hätte ich lachend abgewinkt. Heute fühle ich mich wie eine Prinzessin.

In aller Ruhe kann ich meine Füße pflegen. Ich fühle mich wie eine Prinzessin

---

Die Zeit, die die Männer für ihre Pflege benötigen, nutze ich, um ein wenig meine Gedanken aufzuschreiben. Das ist leider in den letzten Tagen zu kurz gekommen, aber das liegt auch daran, dass wir jeden Tag lange unterwegs waren und so viel geschehen ist. Während ich das alles Revue passieren lasse, mischt sich zwischen der Freude auch das Gefühl, dass meine Reise mit der Ankunft in Santiago noch nicht zu Ende ist. Es fühlt sich an, als wenn ich nur ein weiteres Etappenziel erreicht habe und auf der Durchreise bin. Zum jetzigen Zeitpunkt habe ich noch genau eine Woche Zeit, bis mein Rückflug von Porto nach Deutschland geht. Ursprünglich hatte ich geplant, mir auch noch ein oder zwei Tage Porto anzuschauen, weil die Stadt wirklich sehr schön sein soll, aber mir ist nicht mehr nach Sightseeing und neuen Entdeckungen. Mir reicht, was sich an schönen Bildern vom Weg in meinem Kopf eingebrannt hat. Mein Herz sagt schon ein paar Tage, dass es nach Finisterre und vielleicht auch noch nach Muxía möchte, und diesmal werde ich diesem Gefühl auch nachgeben. Hoffentlich finde ich Menschen, die mich auch dorthin ein Stück begleiten. Von meiner kleinen, liebgewonnenen Caminofamilie werde ich mich morgen verabschieden müssen.

Der restliche Tag ist geprägt von ganz viel Gemeinschaft, nicht nur in unserer kleinen Gruppe, sondern auch mit den vielen anderen Pilgern, die ich im Laufe der letzten drei Wochen kennenlernen durfte. Allen ist klar, dass uns nur noch wenige Stunden bleiben, in denen wir so beieinander sein können. Danach wird jeder seine ganz eigene Richtung einschlagen: für die einen geht es direkt zurück nach Hause, manche überlegen noch bis zum Ende der Welt weiterzugehen, wieder andere planen eine Unterbrechung der Rückreise mit Besichtigungen anderer Städte ein. So wie jetzt werden wir nur noch heute zusammen sein. Auch wenn wir in Santiago auf ganz verschiedene Unterkünfte verteilt sind, gibt es einen zentralen Punkt, an dem wir uns immer wieder alle treffen: der Platz vor der Kathedrale.

EL BOTAFUMEIRO

Zunächst besuchen wir die Pilgermesse. Obwohl das große Weihrauchfass am Ende des Gottesdienstes nicht zum Einsatz kommt, ist es trotzdem wunderschön. Sie bildet den Abschluss dieser Pilgerreise und ist die Gelegenheit, alles Erlebte noch einmal vor Gott zu tragen. Jede Mühe und

Gelegenheit, alles Erlebte noch einmal vor Gott zu tragen

Qual, jede Träne, die vergossen wurde, aber eben auch die Dankbarkeit. Und ich bin sehr dankbar. Keine Minute dieses Weges möchte ich missen. Ich danke Gott für die Menschen, die ich kennenlernen durfte, für die Freundschaften, für die Hilfsbereitschaft, für die Liebe, die mir entgegengebracht wurde, dass ich zu Essen und zu Trinken hatte, jeden Tag ein Dach über

dem Kopf hatte und dass ER jeden Tag treu an meiner Seite war. Denn auch wenn es unterwegs manchmal schwierig war, so kann ich rückblickend nicht sagen, dass Gott mich allein gelassen hätte.

Auch wenn es unterwegs schwierig war, Gott hat mich nicht allein gelassen

---

Wer als Pilger nach Santiago kommt, hat neben dem „einfachen" Ankommen noch einige Dinge mehr zu erledigen. Wer mindestens die letzten 100 Kilometer zu Fuß gegangen ist, wird als offizieller Pilger registriert. 2017 war ich eine von 301.036. Diese erhalten die Compostela. Ein Dokument, eine Urkunde, die bescheinigt, dass man religiös motiviert die Kathedrale von Santiago de Compostela erreicht hat und damit die Pilgerreise endet. Sie ist traditionell auf Latein verfasst. Als Nachweis, dass man wirklich pilgernd unterwegs war, dient der Pilgerausweis. In jeder Kirche, aber auch annähernd jeder Bar oder Unterkunft bekommt man einen Stempel, der zeigt, dass man an dem Ort war, zusätzlich wird das Tagesdatum notiert und so hat man schließlich am Ende einen Nachweis, dass und welchen Weg man gegangen ist. Auch wenn manche Menschen behaupten, es sei nur ein Stück Papier und nicht so wichtig, macht es mich doch sehr stolz, nun auch eine Compostela mit meinem Namen in den Händen zu halten. Außerdem kann man sich auf einem weiteren bunten Zertifikat bestätigen lassen, wie viele Kilometer man gegangen ist und auch darüber freue ich mich sehr.

Codice Calixtino

Capitulum huius Almae Apostolicae et Metropolitanae Ecclesiae Compostellanae, sigilli Altaris Beati Iacobi Apostoli custos, ut omnibus Fidelibus et Peregrinis ex toto terrarum Orbe, devotionis affectu vel voti causa, ad limina SANCTI IACOBI, Apostoli Nostri, Hispaniarum Patroni et Tutelaris convenientibus, authenticas visitationis litteras expediat, omnibus et singulis praesentes inspecturis, notum facit: Dnam.

Annam Dupré

hoc sacratissimum templum, perfecto Itinere sive pedibus sive equitando post postrema centum milia metrorum, birota vero post ducenta, pietatis causa, devote visitasse. In quorum fidem praesentes litteras, sigillo eiusdem Sanctae Ecclesiae munitas, ei confert.

Datum Compostellae die *19* mensis *Augusti* anno Dni *2017*

Segundo L. Pérez López
Decanus S.A.M.E. Cathedralis Compostellanae

Anschließend geht es wieder zurück in die Kathedrale. Hoch über dem Altarraum thront eine große Statue des heiligen Apostels Jakobus und es gehört zur Tradition, dass man sie umarmt und (wer mag) auch küsst und somit seinem Dank Ausdruck verleiht, außerdem soll es Segen, Heil und Glück für das weitere Leben bringen. Ich persönlich glaube, dass Heil und Segen allein bei Gott liegen und nicht an der Umarmung einer Staue festzumachen sind, dennoch ist es hier ein festes Ritual der Pilger, und so tue ich es auch.

Viel wichtiger ist allerdings der Ort, den wir danach besuchen. Über eine kleine enge Treppe und durch eine schmale Tür erreicht man die Krypta und damit das Grab des Apostels. Viele Geschichten und Legenden, die ich hier gar nicht zusammenfassend wiedergeben möchte, ranken sich um dieses Grab. Am Ende all dieser Erzählungen bleiben dem Zuhörer oder Leser nur zwei Optionen: Glaube oder

GRAB DES APOSTELS JAKOBUS

Unglaube. Ich glaube, dass sich in den Gewölben tatsächlich das Grab des heiligen Jakobus befindet. Es ist ein besonderer Moment und ein ergreifender Augenblick. Die ganze Unruhe und Hektik, all das Laute und Betriebsame der Stadt scheint hier vor den Türen Halt zu machen, denn es ist ganz still; viel

---

Die ganze Unruhe und Hektik, all das Laute und Betriebsame macht Halt vor diesen Türen, es ist ganz still

---

Platz ist hier nicht und so treten immer nur wenige Menschen ein. In dieser Stille knien wir eine Weile nieder. All das, was ich vorher in der Messe bereits vor Gott getragen habe, verpacke ich in ein leises, schweigendes Gebet.

Der Nachmittag vergeht wie im Flug. Nach einem leckeren Mittagessen in gewohnt großer Runde schauen wir uns ein wenig die Stadt an. Ich bin nun zum dritten Mal in Santiago, aber irgendwie habe ich das Gefühl, noch nicht soviel gesehen zu haben. Dabei ist es eindeutig einer meiner Lieblingsorte. Hier pulsiert das Leben. Das Bild der Altstadt ist geprägt von unzähligen Lädchen, Bars und Restaurants und die Straßen sind voll. Menschen aus allen Ländern der Erde finden sich hier wieder. Hier herrscht eine ganz besondere Stimmung, die Menschen sind ausgelassen und fröhlich, überall kann man Gelächter hören. Und obwohl die Stadt wegen des Anschlags in Barcelona in Alarmbereitschaft ist und die Polizeipräsenz deutlich erhöht wurde, kann es dem Frieden, der wie ein Schleier alles überdeckt, nichts anhaben. Normalerweise mag ich Großstädte nicht sonderlich und meide gerade an einem Samstagnachmittag die Innenstädte, weil sie so überfüllt sind, doch hier ist es anders. Es ist ein Stückchen wie zu Hause sein, immer wieder treffe ich Menschen, die ich irgendwann mal auf den Weg gesehen habe. Man tauscht ein paar nette Worte aus, ja, es ist fast, als wenn man durch seine eigene Heimatstadt läuft und immer wieder Bekannte trifft.

---

als wenn man durch seine Heimat läuft - man trifft immer wieder Bekannte

---

Als es Abend wird, versammeln wir uns ein letztes Mal zu einem gemeinsamen Essen. Einer der Portugiesen hat zunächst für etwa 20 Personen einen Platz in einem netten Restaurant mit wunderschönem Garten reserviert – ohne konkret zu wissen, wie viele Leute wir am Ende tatsächlich sein werden. Es ist keines der sozialen Netzwerke nötig, um alle zu erreichen. Allein durch Mundpropaganda verbreitet sich die Nachricht, am Ende kommen über 40 Pilger zusammen. Der Inhaber des Lokals und seine Mitarbeiter sind sehr flexibel und passen immer wieder die Tischgröße der Anzahl der Personen an. Die

Stimmung könnte besser nicht sein, es ist wie bei einem großen Fest. Es wird geredet und gelacht, gegessen und getrunken, es sind wunderschöne, glückliche Stunden. Als alle gegessen haben, ergreift einer der Pilger das Wort und bittet weitere, alles was er sagt, zu übersetzten. Er selbst liest auf portugiesisch, was auch die Spanier verstehen, ein anderer übersetzt es auf italienisch, jemand auf englisch und schließlich auch auf deutsch. So dauerte es eine ganze Weile, aber es geht jedem ans Herz:

„GESEGNET BIST DU"

„Gesegnet bist Du, Pilger, wenn du entdeckst, dass der Weg deine Augen öffnet, für das, was du nicht siehst.

Gesegnet bist Du, Pilger, wenn dir nicht ankommen, sondern das Ziel mit anderen zu erreichen am wichtigsten ist.

Gesegnet bist Du, Pilger, wenn du den Weg betrachtest und ihn mit Namen und Morgendämmerung entdeckst.

Gesegnet bist Du, Pilger, weil du entdeckt hast, dass der Weg tatsächlich beginnt, wenn er endet.

Gesegnet bist Du, Pilger, wenn dein Rucksack von Dingen geleert ist und dein Herz nicht weiß, wo man so viele Emotionen hinstecken soll.

Gesegnet bist Du, Pilger, wenn du keine Worte hast, um allen zu danken, die dich an jeder Ecke des Weges überrascht haben.

Gesegnet bist Du, Pilger, wenn du entdeckst, dass ein Schritt nach hinten, um einem anderen selbstlos zu helfen, wie tausend Schritte vorwärts sind.

Gesegnet seid ihr, Pilger, wenn ihr die Wahrheit sucht und euren Weg zu einem Leben macht, und aus eurem Leben einen Weg – auf der Suche nach dem, der der Weg ist, die Wahrheit und das Leben: Christus.

Gesegnet seid ihr, Pilger, wenn ihr auf dem Wege seid, der euch begegnet, und ihr euch Zeit ohne Eilen nehmt, um auf das Bild eures Herzens aufzupassen.

Gesegnet bist Du, Pilger, wenn du entdeckst, dass der Weg viel Stille hat; und das Schweigen des Gebets; und das Gebet, um den Vater zu treffen, der auf dich wartet.“

Während wir in fröhlicher Runde bis nach Mitternacht im Garten sitzen, habe ich weiter das Gefühl, noch nicht am Ziel angekommen und mit dem Weg, meinem Weg, noch nicht fertig zu sein. Eigentlich spricht nichts dagegen, sofort morgen weiter nach Finisterre zu starten. Immerhin werde ich es dann auch auf jeden Fall schaffen. Drei Tage läuft man mindestens, vier sind fast besser. Doch egal wem ich diesen Plan vorschlage, es findet sich niemand, der mit mir gehen möchte. Ich werde allein sein. Will ich das wirklich? Nur wenige Stunden später hat sich diese Überlegung von alleine erledigt. Keiner möchte diesen schönen Abend einfach beenden, und so besuchen wir noch eine Disko. Eigentlich mag ich das nicht so und es ist auch bestimmt schon 15 Jahren her, dass ich das letzte Mal eine besucht habe, dennoch ist es einfach schön, die Zeit mit den anderen zu verbringen. Als wir schließlich um 3:45 Uhr unsere Unterkunft erreichen, habe ich nur noch den Wunsch auszuschlafen und somit ist klar, dass ich noch einen weiteren Tag in Santiago bleiben werde. In der Unterkunft können wir zwei Nächte bleiben, es ist ein Geschenk.

NACHTS IN SANTIAGO

Nach nur zwei Stunden Schlaf ist es Gabriel, der als erster unsere Gemeinschaft verlassen muss, weil sein Flieger bereits um 9 Uhr startet. Da es nur einen Schlüssel für das Haus gibt und das Tor immer wieder abgeschlossen werden muss, erkläre ich mich bereit, mit ihm aufzustehen. Ich habe auch das Gefühl, es ihm einfach schuldig zu sein, nachdem er mir soviel Gutes getan hat. Er gibt mir noch ein paar liebe Worte mit auf den Weg und segnet mich. Gerne wäre ich noch ein Stück weiter mit ihm gegangen. Nachmittags schreiben wir und da er mittlerweile mit seinem Bruder zusammen ist, geht es sogar auf deutsch. Wir werden uns wiedersehen, irgendwann... .

Überhaupt steht der ganze Sonntag unter dem Stern des Abschiedes. Einer nach dem anderen verlässt die Gruppe, weil es Zeit wird, den Bus, Zug oder das Flugzeug zu erreichen und nach Hause zurückzukehren. Einige Male gehen wir den Weg zum Bus- und auch zum Hauptbahnhof, um „Tschüss" zu sagen oder versammeln uns auf der Praza de Obradoiro. Niemand

---

Niemand geht einfach allein weg

---

geht einfach allein weg. Am Ende des Tages ist unsere Gruppe zwar sehr ausgedünnt, aber ich werde morgen nicht allein nach Finisterre starten müssen.

21

Letzter Blick auf die Kathedrale

Letzter Blick auf die Kathedrale

An diesem Morgen sind wir nur noch zu dritt, als wir zum Ende der Welt aufbrechen. Ganz früh sind wir aufgestanden und es ist stockdunkel. Zu unserer Überraschung müssen aber auch wir nicht einfach alleine losziehen. Am Ausgang der Altstadt warten die beiden Amerikaner. Und so legen wir nach nur fünf Gehminuten unsere erste Pause ein und trinken gemeinsam einen letzten Café con leche. Sie werden nun auch nicht mehr lange in Santiago bleiben, sondern nach Paris reisen, dort ein paar Tage die Stadt besichtigen und dann zurück nach Kalifornien fliegen.

NIEMAND GEHT ALLEIN

Als wir schließlich starten, beginnt es bereits langsam zu dämmern, und mit jedem Schritt scheint der Tag ein Stück näher zu rücken. Nach kurzer Zeit erreichen wir eine kleine Anhöhe, die einen *letzten Blick auf die Kathedrale* im Licht der aufsteigenden Sonne freigibt. Es ist wunderschön.

Der ganze Weg heute ist toll. Immer wieder geht es durch kleine Orte und Wälder, mal ein wenig bergauf und -ab. Die Pilger, die wir nun treffen, sind alle sehr gelassen und ent-

SANTIAGO DE COMPOSTELA

alle sind gelassen - als wenn sie ihre Last in Santiago abgelegt haben

spannt, eben tatsächlich so, als wenn sie ihre Last mit der Ankunft in Santiago abgelegt haben. Wenige suchen noch nach Kontakten, irgendwie scheint jeder einen Wegbegleiter gefun-

PONTE MACEIRA

den oder sich aber bewusst für Einsamkeit entschieden zu haben.

➪Negreira erreichen wir zur Mittagszeit und obwohl die kleine öffentliche Herberge erst in einer Stunde öffnen sollte, bekommen Fedele und ich zwei der letzten fünf Betten. Die Herberge scheint noch recht neu zu sein, aber liegt ein wenig außerhalb des Ortes und etwas ab vom Camino. Wir richten uns ein, duschen und reinigen die Kleidung und beschließen, uns an diesem Mittag selbst zu versorgen – auch wenn das bedeutet, dass wir wieder zurück in den Ort laufen müssen, das wäre aber auch für eine Bar oder ein Restaurant nicht anders gewesen. Es ist sehr heiß heute. Am liebsten würde ich einen Liegestuhl im Supermarkt aufbauen, denn es ist der einzige Ort, an dem man es wirklich aushalten kann. Jeder

WÄRMER ALS ZUHAUSE

Schritt draußen wird zu einer Qual und die Luft schmerzt beim Einatmen. Als wir an einer Apotheke vorbeikommen, wird mir auch klar, warum sich das so anfühlt: stolze 44 Grad werden angezeigt. Unglaublich; das ist mir definitiv zu heiß. Nach dem Mittagessen bleibt also nur die einzig richtige Lösung: Siesta halten. In den letzten Nächten habe ich eh nicht viel Schlaf bekommen und so kann ich gut zwei Stündchen ein Nickerchen machen.

Verschwitzt, aber erholt, beschließen wir dann später doch noch, uns ein wenig das Städtchen anzugucken. Die Kirche ist schnell gefunden, aber leider geschlossen. Zurück im Ort suchen wir etwas Abkühlung an einem Brunnen, aber von Erfri-

schung kann hier keine Rede sein; das Becken ist groß, das Wasser flach, aber es hat den Charakter einer heißen Badewanne.

Dafür treffen wir Flo, er ist viel später in Santiago gestartet und hat irgendwo im Ort eine Unterkunft gefunden. Die Wiedersehensfreude ist groß und muss natürlich gefeiert werden. Das Abendessen bietet sich dafür an, also gehen wir ein weiteres Mal einkaufen und stehen kurze Zeit später gemeinsam in der Küche. Das Zepter hat hier allerdings Fedele in der Hand, der uns schließlich mit einer leckeren Pasta-Kreation verwöhnt und damit einen fröhlichen Abend einleitet.

ABENDESSEN IN DER HERBERGE

22

Completo

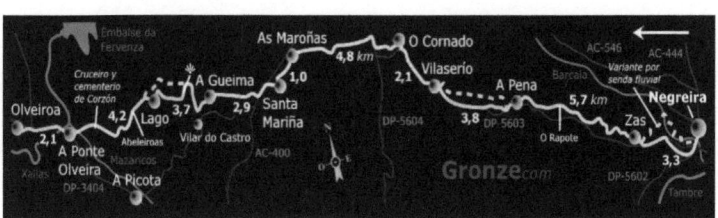

Completo

Heute ist der vorletzte Lauftag. Um der Hitze ein wenig zu entfliehen, sind Fedele und ich bereits ganz früh unterwegs. Im Dunkeln haben wir zunächst Schwierigkeiten, den Weg zu finden, aber nachdem wir das Wäldchen und die Morgendämmerung hinter uns gelassen haben, folgen mehrere Stunden, die wir durch strahlenden Sonnenschein und zunehmender Hitze laufen. Hin und wieder gönnen wir uns eine kleine Verschnaufpause oder ein kühles Getränk. Über 30 Kilometer sind heute zu bewältigen. Fedele beschließt irgendwann, alleine vorzugehen, weil er dann etwas schneller unterwegs sein kann, sichert mir aber zu, dass er sich auch um ein Bett für mich kümmert. Mir macht die Hitze sehr zu schaffen. Ich bin heilfroh, als ich schließlich am frühen Nachmittag den Ortseingang von ⇨ Olveiroa, der deutlich an den übergroßen Buchstaben zu erkennen ist, erreiche. Diese Etappe heute hat mich an meine Grenzen gebracht. Ich steuere die

AUF DEM WEG

30 Kilometer. Mir macht die Hitze zu schaffen.
Diese Etappe hat mich an meine Grenzen gebracht

ORTSEINGANG

öffentliche Herberge an und hoffe, Fedele nun dort zu treffen, doch er ist nicht da. Ich sehe mich ein wenig um, aber kann ihn nirgendwo entdecken. Vielleicht hat er ja doch noch eine weitere Pause eingelegt und ich habe ihn irgendwo überholt, also entschließe ich mich, schon mal nach einer Übernachtungsmöglich-

keit Ausschau zu halten. Als ich allerdings das Schild im Fenster „*completo*" sehe, bin ich mit meinen Nerven tatsächlich am Ende. Ich setzte mich auf einen Stein, während sich dicke Tränen über meine Wangen breit machen. Ich schaffe es nicht, noch weiter zu laufen und viele Möglichkeiten gibt es auch nicht. Was soll ich nur machen? Plötzlich spricht mich jemand auf deutsch an. Es ist ein Pilger, der gestern bereits in unserer Herberge übernachtet hatte. Wir hatten uns kurz unterhalten. Er fragt mich, wo denn der Schuh drückt und ich erzähle ihm, dass ich meinen italienischen Begleiter verloren habe. Er fragt mich, ob ich ihn nicht einfach anrufen könnte, aber das ist nicht so leicht. Fedele spricht kein englisch und ich kein italienisch. Wie sollen wir es da klären, wir werden einander nicht verstehen. Es scheint aussichtslos. Dann erzählt der Pilger, dass er fließend italienisch spricht. Es wäre meine Rettung, aber er erklärt mir, dass er leider nicht mit Fedele telefonieren kann, da er eine schwere Gehörschädigung und dadurch bedingt große Schwierigkeiten hat, wenn er mit einem Handy telefonieren muss. Ich bin sehr verzweifelt bis mein Telefon klingelt. Fedele versucht mich zu erreichen. Ich bin so aufgewühlt und habe soviel Angst, dass wir uns nicht verstehen könnten und die Situation dadurch nicht gelöst werden kann, dass ich gar nicht in der Lage bin, mit ihm zu sprechen. Der deutsche Pilger nimmt schließlich das Handy in die Hand und obwohl es für ihn sehr große Anstrengung bedeutet, erklärt er Fedele, wo wir uns gerade befinden und es dauert keine fünf Minuten, bis er mich dort abholt. Ich bin sehr dankbar. Der Hörgeschädigte hat sich für mich eingesetzt, obwohl es für ihn nicht gut war, er hat mir selbstlos geholfen.

Der Pilger hat mir selbstlos geholfen

Die Unterkunft, die Fedele reserviert hat, ist schon sehr abenteuerlich. Offiziell ist die Herberge noch gar nicht eröffnet, hat keinen Namen und um ein Bett zu bekommen, ist eine kurze

Anmeldung über den Gartenzaun nötig. Auf den letzten Drücker sehen wir noch Flo, der in der Zwischenzeit auch an der vollen Herberge sein Glück versucht hatte und nun noch auf der Suche nach einem Bett ist. Wir sammeln ihn direkt mit ein und so sind wir alle wieder vereint.

Beim Abendessen gesellt sich ein Portugiese zu uns, der aber eine deutsche Mutter hat und dadurch auch fließend deutsch spricht. Schnell kommen wir ins Gespräch. Er fragt, ob wir Pilger seien, wo wir gestartet sind und wir erzählen ihm ein wenig von unserem Weg. Seit nunmehr drei Wochen bin ich nur von Pilgern umgeben, Menschen, die ein klares Ziel vor Augen haben, nämlich eine Wallfahrt nach Santiago und die alle (zumin-

von Pilgern umgeben - Menschen, die ein klares Ziel vor Augen haben

dest hier) irgendwie die gleichen Alltagssorgen und Nöte haben. Im ersten Augenblick kann ich gar nicht glauben, dass es offensichtlich auch Leute gibt, die hier einfach ihren Urlaub verbringen und ein wenig auf dem Jakobsweg wandern. Doch er tut das. Er erzählt, dass die Gelegenheit gerade günstig war und so habe er sich spontan dazu entschieden, nach Santiago zu fahren und von dort zum Kap Finisterre zu wandern. Ohne gläubigen Gedanken, einfach nur um Urlaub zu machen, weil die Landschaft so schön ist. Ja, so ähnlich wie manche ein verlängertes Wochenende an die Ostseeküste fahren und vielleicht über ein Teilstück der „Via Baltica" spazieren, ohne jemals überhaupt was vom Jakobsweg gehört zu haben. Seine innere Grundhaltung ist eine andere. Ihm geht es in erster Linie um die Erholung und die sportliche Herausforderung und darum hat er auch nicht viel Sinn für unsere Geschichten. Dennoch verbringen wir einen netten Abend und unterhalten uns gut.

23

Das Ende der Welt ist nicht mehr weit

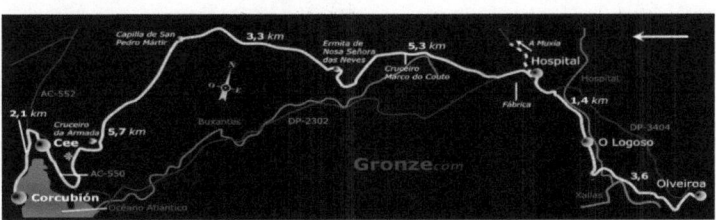

Das Ende der Welt ist nicht mehr weit

Die letzten rund 30 Kilometer warten an diesem Morgen auf uns. Und auch wenn es niemand ausspricht, so ist es doch ein ganz merkwürdiges Gefühl, dass in wenigen Stunden nun wirklich alles vorbei sein soll. Zumindest das Laufen.

An der Weggabelung verabschieden wir uns von Fedele, der heute nach Muxía und morgen erst zum Kap laufen wird. Nun sind Flo und ich allein, von unserer großen Camino-Familie sind nur wir übrig geblieben. In den folgenden Stunden unterhalten wir uns sehr intensiv. Der Weg führt uns immer wieder durch kleine Wäldchen, mal auf und ab, aber es scheint fast so, als wenn wir allein unterwegs sind. Von den

WEGGABELUNG - ABSCHIED

als wenn wir allein unterwegs sind

vielen Pilgern, die uns sonst immer begegnet sind, ist hier niemand zu finden. Vereinzelt treffen wir mal auf andere, aber es bleibt doch eher die Ausnahme. Wir lassen den Weg Revue passieren, denken an die Hitze, besondere Unterkünfte. Lachend fällt uns das Kloster in Carrión de los Condes ein, in dem die Nonne spätabends noch kontrollierte, dass jeder in seinem Bett und in jedem Bett auch nur eine Person liegt. Flo erzählt mir ebenso belustigt, dass er zu dem Zeitpunkt gedacht hätte, Dori, der Schweizer, die beiden Mädels und ich seien eine Familie, wobei er die Verwandtschaftsverhältnisse nicht hatte eindeutig zuordnen können, aber er war völlig irritiert, dass alle gelassen reagiert hatten, als die Mädels verkündeten, lieber alleine weitergehen zu wollen. Wir seien eine sehr komische Familie; erst

einige Zeit später sei ihm klar geworden, dass wir uns alle auch nur zufällig unterwegs getroffen hatten. Wir denken an manche anstrengende Wegstücke und schließlich auch an die vielen Menschen, die wir kennenlernen durften. Und so vergehen Zeit und Kilometer fast wie im Flug.

Der Weg führt weiter durch eine Hügellandschaft, bis wir beide ehrfürchtig stehen bleiben. Zum ersten Mal sehen wir das Meer! Den Atlantik! Es ist unbeschreiblich. Hunderte Kilometer haben wir zu Fuß zurückgelegt, durch die trockene Meseta, über die Montes de León, auf den O Cebreiro hoch schließlich nach Galizien.

DER ATLANTIK

Sonne, Hitze, vertrocknete Felder, saftige Wiesen, bunte Blumen, schattige Hohlwege, flache Wege, Bäche, Flüsse, aber auch immer wieder hoch und runter. Nur das Meer haben wir zu keiner Zeit gesehen. Es ist eine herrliche Aussicht. *Das Ende der Welt ist nicht mehr weit.*

Fröhlich gelaunt gehen wir bergab, durchqueren einen kleinen Ort, bis wir schließlich im Hafen von ⇨ Cee eine Pause einlegen. Spiegelei mit Toast scheint mir ein angemessenes Frühstück zu sein und die Liebe, mit der es angerichtet wird, ist es sogar wert, dass ich auch einmal das Essen fotografiere (nur für mich; ich belächle es immer ein wenig, wenn Menschen ihr Essen ablichten, um es anschließend in den sozialen Netzwerken zu präsentieren).

Eile ist heute nicht geboten, denn in Fisterra haben wir bereits für zwei Nächte eine Unterkunft reserviert und so können wir ganz entspannt die letzten Kilometer in Angriff nehmen. Von jetzt an bleibt das Meer immer in Sichtweite und ich ertap-

pe mich dabei, wie ich immer wieder danach schaue, ob es auch wirklich noch da ist. Es geht durch kleine Ortschaften und immer wieder werde ich ungeduldig. Es ist zwar keine kurze, aber auch keine außergewöhnlich lange Etappe, trotzdem spüren wir die Sehnsucht, endlich ankommen zu wollen. Fast jedes Haus hier verfügt über einen eigenen Garten und wir staunen mehr als einmal über die Vielzahl der Früchte. Zwischendurch bleiben wir sogar einen Moment stehen, um uns satt zu sehen. Das

wir bleiben stehen, um uns satt zu sehen

Haus ist zwar von einer großen Mauer umgeben und wir haben keinen Einblick in den Garten, aber über die Höhe hinaus ragt ein riesiger Zitronenbaum. Die Äste hängen voll mit den allerschönsten Früchten, dicke, gelbe Zitronen, eine schöner als die andere und um einiges größer, als

ZITRONENBAUM AM ATLANTIK

es sie bei uns im Supermarkt zu kaufen gibt. Eine ganze Zeit laufen wir an den Straßen entlang, bis der Pfeil uns schließlich anzeigt, dass wir links abbiegen sollen. Das Meer ist zwar weiter auf der linken Seite, aber ein kleines Waldstück versperrt den Blick darauf. Plötzlich wird uns klar, dass der Weg, den wir nun eingeschlagen haben, ganz offensichtlich zum Strand führt. Unser Ziel ist in greifbare Nähe gerückt. Es gibt uns nochmal einen ordentlichen Adrenalinschub, der sich gleichzeitig in große Freude verwandelt. Wir beschließen, dieses besondere Wegstück nicht einfach für uns allein zu gehen, sondern es mit all unseren Freunden, von denen wir uns in den letzten Tagen verabschieden mussten, zu teilen. Und so lassen wir auf einem Handy das fast schon zur Hymne gewordene „Buen Día" ablaufen, während wir mit dem anderen Smartphone das letzte Stück im Video festhalten. Zu keiner Zeit ist mir das Laufen so leicht gefallen wie auf diesem Abschnitt.

AM STRAND VON FISTERRA

Am Ende dieses Weges erreichen wir den Strand von Fisterra. Eine kleine Bar lädt dazu ein, den Moment erst einmal zu genießen und bei einem kühlen Getränk auszuruhen. Immerhin liegen nun immer noch gut zwei Kilometer bis zum Ort und weitere drei bis zum Kap vor uns. Von hier wäre es möglich, über einen befestigten Weg weiterzugehen, aber wir entscheiden uns anders. Schuhe und Socken sind schnell ausgezogen und die letzten Kilometer laufen wir durch das kühle Nass. Es ist ein tolles Gefühl und wirkt trotzdem fast unwirklich. Während leicht bekleide-

Es ist ein tolles Gefühl, fast unwirklich

te Menschen die Sonne genießen, ein paar Runden in den Wellen schwimmen oder sich mit Ballspielen die Zeit vertreiben, stapfen wir komplett angezogen, mit Rucksack auf dem Rücken und schweren Wanderschuhen in der Hand durch die Brandung. Aber keinen Millimeter dieses Weges möchte ich missen.

Ich weiß nicht, wie viel Zeit wir benötigen, aber ich habe mich noch nie so sehr gefreut, am Meer zu sein. Am liebsten würde ich meine Freude mit allen Leuten hier teilen. Ich strahle mit der Sonne um die Wette. Plötzlich erblicke ich in noch einiger Entfernung eine Person, die wild mit den Armen gestikuliert. Zunächst fühle ich mich nicht angesprochen und auch Flo nicht. Doch als wir näher kommen stellen wir fest, dass es genau an uns gerichtet ist. Vor uns steht Thorsten (der Schwabe, den ich ursprünglich für einen Engländer oder so gehalten hatte). Er war direkt von Santiago mit dem Bus nach ⇨ Fisterra gefahren.

Wir freuen uns riesig, so empfangen zu werden. Er erzählt uns, dass er bereits seit spätem Vormittag an Strand ausharrt, weil er vermutete, dass wir heute hier ankommen werden und er uns begrüßen wollte. So eine tolle Überraschung!

Wir gehen gemeinsam zu unserer Unterkunft und verabreden uns für den Abend. Die Herberge ist wirklich toll. Der Eingangsbereich, der gleichzeitig auch Küche und Aufenthaltsraum bildet, ist liebevoll eingerichtet. Die großen Tische haben Glasplatten und darunter befinden sich lauter Andenken an die vielen Pilger, die hier schon übernachtet haben. Postkarten, Fotos, kleine Briefe, Bilder, ja sogar eine Compostela findet man hier und alles zeugt davon, wie zufrieden die Leute hier waren, wie wohl sie sich gefühlt haben und dass sie mit Dankbarkeit an ihren Aufenthalt zurückdenken. Es ist sehr sauber. Die Mat-

---

Alles zeugt davon, dass sie mit Dankbarkeit an ihren Aufenthalt zurückdenken

---

ratzen der Doppelstockbetten sind mit einem Kunststoffbezug geschützt und auf jedem Bett befindet sich ein frisches Laken sowie Handtücher. Jeder Platz ist mit einer eigenen Ablage, einer Steckdose und einem abschließbaren Schrank versehen. Im Außenbereich befindet sich ein kleiner Garten, der auch Platz bietet, seine Wäsche zu waschen und ausreichend Wäscheleinen mit Klammern. Zusätzlich wird ein Wäscheservice angeboten, gegen eine kleine Gebühr kann man seine Kleidung in der Waschmaschine waschen und anschließend auch trocknen lassen. Es ist eine Wohlfühloase und echter Luxus.

Nachdem wir uns eine Weile ausgeruht haben, ist es Zeit wieder aufzubrechen. Zuerst gehen wir zur öffentlichen Herberge, denn hier bekommen wir eine weitere Urkunde ausgestellt. Ich freue mich sehr über dieses bunte Zertifikat, das mir nun auch offiziell bestätigt, dass ich den Camino a Fisterra zu Fuß bewältigt habe.

O Concello de Fisterra acredita que

Anja Dupré

chegou a estas terras da Costa da Morte
e fin do Camiño Xacobeo

Fisterra 23 Agosto 2017 O Alcalde

Anschließend gehen wir ein kurzes Stück durch den Ort, bis wir schließlich den Hafen erreichen. Als ich an der Hafenkante stehe weiß ich wieder, warum ich diesen Fischerort so sehr liebe. Die Sonne strahlt vom Himmel, das Wasser glitzert, während die vielen kleinen Boote, die hier festgemacht haben, sanft hin und her geschaukelt werden und den Anblick der Hügel, die etwas weiter entfernt auf der anderen Seite dieses malerische Bild perfekt werden lassen. Ich könnte hier einfach Stunden ausharren, ohne mich an diesem Anblick satt zu sehen. Satt ist das richtige Stichwort, denn langsam meldet sich der Hunger. Lange suchen muss man hier

HAFEN VON FISTERRA

nicht, denn es gibt viele kleine Restaurants, die alle möglichen kulinarischen Köstlichkeiten anbieten. Sehr viel Fisch und Meeresfrüchte, aber auch Fleisch-, Pizza- und Pastaliebhaber werden hier fündig. Wir entscheiden uns schließlich für ein kleines Lokal und treffen überraschenderweise auch noch ein paar andere Pilger, die wir vor Santiago das letzte Mal gesehen hatten. Die Welt ist wirklich ein Dorf.

Am Abend sind wir dann wieder mit Thorsten verabredet. Wir kaufen ein wenig Proviant im Supermarkt ein und machen uns auf die letzten ca. drei Kilometer bis zum absoluten Endpunkt. Es fühlt sich für mich sehr komisch an. Nicht nur, weil der Weg dann endgültig vorbei ist. Als ich das letzte Mal dieses Stück gelaufen bin, hatte ich auch keinen Rucksack auf, aber gefühlt eine Tonne an Gewicht auf meiner Seele. Je weiter wir den Berg hinauf laufen desto mehr kommen die Erinnerungen wie-

der hoch. Wie wird es wohl sein, wenn ich gleich wieder oben bin? Möchte ich überhaupt ankommen? Ist es eine gute Idee, den Sonnenuntergang anzuschauen? Wie kann ich es den anderen erklären, dass ich darauf lieber verzichte? Werden sie mich verstehen oder werden sie es verharmlosen? Ich schweige und denke angestrengt nach, während wir Stück für Stück vorangehen. Es ist nur meine Stille, denn alle anderen sprudeln geradewegs über vor guter Laune. Sie freuen sich auf dieses Highlight, diesen wundervollen Abschluss ihres Weges. Ich kann die Freude gerade nicht teilen. Ich fühle mich allein, obwohl lauter nette Menschen um mich herum sind. Sie haben Erwartungen, haben

---

Ich fühle mich allein, obwohl lauter nette Menschen um mich herum sind

---

KURZ VORM ENDE DER WELT

sich schon seit Tagen auf diese Augenblicke gefreut, wie Kinder an ihren Geburtstagen. Ich nicht. An der Pilgerstatue machen wir einen Fotostopp, dann schweigt Flo eine Weile mit mir. Wir hatten in den vergangenen Tagen ausreichend Zeit, uns auch über die ein oder andere Schattenseite in unseren Leben auszutauschen. Ich glaube, er versteht mich. Außerdem macht er selbst den Eindruck, als wenn er sich noch nicht so ganz entschieden hat, ob es nun ein freudiger oder ein trauriger Anlass ist. Nach knapp einer Stunde erreichen wir schließlich die ersten Wohnmobile, die signalisieren, dass wir am ⇨ Kap Finisterre angekommen sind. Von Idylle kann keine Rede sein, viele Wohnwagen und Autos parken hier und Menschen strömen Richtung Leuchtturm. Gerade zu der Zeit des Sonnenuntergangs ist hier nicht nur ein beliebter Treffpunkt für Pilger, sondern eben auch für Touristen. Es ist das berühmte „Ende der Welt", der westlichste Teil Europas, danach kommt nur noch Meer.

Bevor wir uns weiter umschauen, gehen wir die letzten Schritte bis zum 0-Kilometer-Stein. Wir müssen uns sogar kurz in einer Schlange anstellen, aber dann haben wir für einen Moment den Monolithen „0,00 km" für uns ganz allein. Nun kann ich mich auch ein wenig freuen und bin sehr dankbar. Ich habe es tatsächlich geschafft. Fast 600 Kilometer habe ich in

Ich habe es tatsächlich geschafft

den letzten 23 Tagen zurückgelegt, bin soweit Richtung Westen gelaufen, bis der Weg zu Ende war – bis zum Ende der Welt. Diesen besonderen Augenblick halten wir in zahlreichen Bildern fest, Gruppenbilder, jeder einzeln, lachend, ernst.... es ist ein gutes Gefühl hier zu sein. Danach geht es auf die Westseite, denn wir wollen den Sonnenuntergang beobachten. Die Klippen sind hier sehr steil und es gibt einige Plätze, von denen ich nur staune, dass die Menschen dort noch sitzen und nicht längst ins Meer gestürzt sind. Es ist ein sehr ehrfürchtiger Ort und dementsprechend wird er auch von den meisten hier gewürdigt. Die Gespräche sind eher leise verhalten und lediglich ein paar Gitarrenklänge und Gesänge vermögen diese Stille zu durchbrechen. Ich habe Angst an diesem Ort zu sein. Mir macht es Angst, auf das Meer zu blicken und der Sonne zuzusehen und dabei auf den Steinen zu

0,00 KM

AM ENDE DER WELT

245

sitzen. Ich habe Angst vor der Stille, der Dunkelheit, der Tiefe. Es dauert eine Weile, bis ich einen Platz gefunden habe, der sich für mich wirklich gut anfühlt. Ich setze meine Sonnenbrille auf, damit niemand in meine Augen schauen kann. Diesen wunderschönen Anblick, diesen besonderen Ort, diesen emotionalen Moment mit all seinen Erinnerungen möchte ich nicht teilen, sondern einfach allein für mich wirken lassen. Die Sonne plumpst an diesem Abend nicht ins Meer, zumindest verhindert ein kleines Wolkenband den Blick auf dieses Naturschauspiel. Vielleicht können sich manche besonderen Augenblicke auch nicht einfach wiederholen.

GANZ IM WESTEN

Als die Sonne endgültig verschwunden und die blaue Stunde angebrochen ist, machen wir uns langsam auf den Heimweg. Die Stimmung hat sich ein wenig verändert, das fröhliche Gelächter vom Hinweg ist verschwunden, stattdessen sehe ich in lauter Gesichter, die eine tiefe Zufriedenheit ausstrahlen.

statt Gelächter tiefe Zufriedenheit

Rasch wird es dunkel und mir ist mulmig. Ich bin froh, dass ich nicht alleine nach unten gehen muss, dabei ist der Weg eigentlich gar nicht gruselig; er verläuft auf der ganzen Strecke parallel zur Straße. Es ist die Dunkelheit, die mir Angst macht, es gibt keine Straßenlaternen, höchstens das schwache Licht unserer Taschenlampen. Wenn sich die Augen einmal an das Dunkel gewöhnt haben, ist der Schotterweg allerdings auch ohne Hilfsmittel zu erkennen. Wir gehen schweigend bergab. Ich fühle mich schlapp. Der Tag hat seine Spuren hinterlassen, nicht nur die körperliche Anstrengung, die die vielen Kilometer in der Sonne so mit sich gebracht haben; auch das Emotionale der letzten Stunde hat sehr an meinen Kräften gezerrt. Eigentlich wäre jetzt der beste Zeitpunkt, direkt zur Herberge zu gehen und einfach ins Bett zu fallen. Als wir den Ortseingang wieder erreicht haben, führt Thorsten uns nicht den Weg zur Unterkunft zurück. Eine ganze Weile geht es kreuz und quer durch irgendwelche Wohnsiedlungen und Nebenstraßen, er ist zügig unterwegs und ich gebe mir Mühe, das Tempo auch ja mitzuhalten, denn wenn ich hier den Anschluss verliere, bin ich endgültig verloren. Den Weg nach Hause werde ich niemals finden. Flo und ich schauen uns immer wieder fragend an, aber folgen ihm dann weiter. Wie lange wir schon Zickzack durch die Nacht laufen, kann ich nicht einschätzen, als sich plötzlich die Umgebung ändert. Wir verlassen die asphaltierten Straßen und schlagen einen unbefestigten Weg ein; die letzten Häuser verschwinden im Dunkel der Nacht, während der Sand unter unseren Füßen immer weicher wird.

Gehen wir etwa an den Strand? Ich habe längst die Orientierung verloren, spätestens seit wir die Hauptstraße vom Leuchtturm kommend verlassen haben. Was sollen wir denn im Dunkeln am Meer? Sehen kann man hier sicherlich nichts. Es gibt hier keine Häuser, keine Promenade mit kleinen Restaurants oder Bars, keine Straßenlaternen, nichts, was den Nachthimmel beeinflussen und erhellen könnte und das führt auch dazu, dass es hier wirklich dunkel ist. Nicht nur ein kleines bisschen, sondern tiefschwarze Nacht. Thorsten und Flo merken, wie sehr mir das Dunkel zu schaffen macht und so finden sie immer wieder beruhigende Worte und nehmen mich in ihre Mitte, damit ich

---

das Dunkel macht mir zu schaffen,
sie finden beruhigende Worte, nehmen mich in ihre Mitte

---

keine Angst vor den Wegrändern haben muss. Irgendwann verschwinden die letzten flachen Gewächse an den Seiten, der Untergrund ist butterweich und das laute Rauschen macht deutlich, dass wir offensichtlich das Ziel dieses Irrweges erreicht haben – wir stehen am Meer. Es mag sicherlich Menschen geben, die sich genau das wünschen: nach einem sonnig schönen Sommertag und einem netten Sonnenuntergang die warme Sommernacht am Strand verbringen, aber für mich hat das nichts mit Idylle, Romantik oder sonst irgendwelcher kitschigen Gefühlsduselei zu tun. Mein Herzschlag schnellt nach oben, ich habe das Gefühl, kaum noch Luft zu bekommen und panische Angst steigt in mir hoch. Ich bin hier nicht sicher, im Dunkeln kann ich nichts erkennen, von allen Seiten kann mir Gefahr drohen, ich habe sogar Angst, dass womöglich ein Boot über das Meer zu uns kommt. Ich möchte weg, am besten sofort auf der Stelle, aber ich kann auch nicht einfach alleine losrennen und flüchten, denn ich habe mir den Weg nicht gemerkt, ich würde mich verlaufen und dann bin ich erst recht in Gefahr. Ich weiche den beiden keinen Meter von der Seite, bitte lasst mich jetzt hier bloß

nicht allein. Thorsten scheint ein Ziel vor Augen zu haben und so folgen wir ihm schweigend. Ich glaube, jeder Mensch kennt Situationen, in denen er einfach überfordert war, weil man etwas Schlimmes gesehen oder erlebt, sich erschrocken hat, oder aber auch sehr überrascht wurde. So Momente, wo man unfassbar vor dem aktuellen Geschehen steht und das Gefühl hat, dass es alles gerade gar nicht real ist. Ein kurzes Stück wandern wir den Strand entlang. Was ich im nächsten Augenblick dann sehe und erlebe, übersteigt meine persönliche Wirklichkeit. Es passt einfach nicht in meinen Kopf, in mein Denken, mein Fühlen, es

---

Was ich im nächsten Augenblick erlebe, passt nicht in meinen Kopf

---

überfordert mich in meinem ganzen Sein. Ohne jegliche Vorwarnung, ohne dass es in irgendeiner Weise vorher erkennbar gewesen wäre, stehen wir plötzlich vor einem Lagerfeuer. Es ist nicht nur dieses Feuer, das mich in eine Art Schockzustand versetzt. Ich habe das Gefühl, mitten in ein Szenenbild aus einem Westernfilm hinein katapultiert worden zu sein. Die runde Nische ist mindestens zu drei Vierteln von Felsen eingerahmt. In der Mitte flackert ein kleines Feuer. Überall in den Felsen verteilt sitzen Menschen, sehr glückliche Menschen, die Haltungen und Blicke lassen den tiefen Frieden erkennen, den sie gerade verspüren. Ich höre Gitarrenklänge, manche singen. Mich berührt dieser Ort und dieser Anblick zutiefst. Manche nicken uns kurz freundlich zu. Im seichten Schein des Feuers erkenne ich viele bekannte Gesichter der letzten Wochen. Alle sind hier versammelt. Ich weiß gar nicht, wo ich zuerst hinsehen soll. Die Menschen, die Felsen, das Feuer, die Leute um das Feuer, Gitarre, Gesang, noch mehr Menschen, Feuer, dicke Holzstücke, Lächeln, Zufriedenheit, Sand, Meeresrauschen. Es ist so unglaublich schön und gleichzeitig so...ich kann es nicht greifen. Ich kann weder realisieren, noch glauben oder verstehen, was ich dort gerade sehe. Ich erwarte jeden Moment die Ansage des Regisseurs, der

die Klappe fallen lässt „schönen Dank, Szene im Kasten" und das Licht wieder anschaltet, aber das passiert einfach nicht. Nur ganz langsam wird mir bewusst, dass hier kein Kinofilm gedreht und nicht Teil einer Westernshow gezeigt wird, es ist keine Inszenierung, um möglichst idyllische Stimmung zu schaffen. Es ist echt, es ist das Leben! Hier gibt es keine Schauspieler, die ein

---

„schönen Dank, Szene im Kasten" passiert nicht
Es ist echt, es ist das Leben

---

schönes Bild darstellen wollen. In den Menschen, die sich hier versammelt haben, spiegelt sich der Camino wieder. Die Vielfalt der Nationalitäten, das friedliche Miteinander, Teilen, Respekt, Verstehen ohne gemeinsame Sprache, Lachen, Weinen, Ankommen, Abschied nehmen, Singen, Beten. Meine Angst ist der Überwältigung gewichen, der Schönheit des Augenblicks, ich bin selbst ein Teil dieses wunderschönen Bildes geworden.

24

Nachwort und Dank

Nachwort

Herzlich Willkommen am Ende der Welt!

Wenn Sie bis hierher gelesen haben, sind Sie als stiller Begleiter meinen Weg mitgegangen. Vielleicht haben Sie sich ein Bild von der Schönheit des Weges machen können oder sich von mancher Begebenheit anrühren lassen. Danke!

Auch wenn der Weg 2017 am Kap Finisterre zu Ende ging, hat Santiago nicht aufgehört, mich zu rufen. Diesem Ruf bin ich auch in den Jahren danach immer wieder gerne gefolgt, allerdings dann über den Camino Inglés.

Dank

Viele Menschen haben dazu beigetragen, dass es dieses Buch überhaupt geben kann! Ihnen allen gilt von Herzen ein liebes Dankeschön!!

- meinem Mann Ralph und meinem Sohn Louis bin ich sehr dankbar, denn sie haben mir diese Erfahrungen (auch in den Jahren davor und danach) überhaupt erst möglich gemacht! Außerdem müssen sie sich immer wieder meine Erzählungen vom Camino anhören, ob ihnen gerade danach ist oder nicht! Danke, dass ihr mir die Zeit geschenkt habt und so geduldig mit mir seid!

- von der ersten Idee bis zur endgültigen Fassung war es ein längerer Weg. Danke, Michael, dass Du mich und mein Projekt begleitet hast! Danke für´s Korrekturlesen, konstruktive Kritik, für Deine unzähligen, kreativen Vorschläge und Ideen für die optische Gestaltung und dass Du das gesamte Layout dieses Buches übernommen hast!

- ich hatte ziemlich große Angst, den Weg alleine zu gehen. Danke, Jan, dass Du mir immer wieder Mut gemacht hast, für Dein Rundum-Sorglos-Paket, als ich das erste Mal ganz alleine unterwegs war, aber auch auf den anderen Wegen. Danke, auch an Elke, für die vielen Ratschläge rund um den Jakobsweg, Etappenvorschläge, Empfehlungen zu Herbergen, Restaurants, Bars und kulinarischen Einkehrmöglichkeiten, Tipps zur An- und Abreise und zur Gepäckoptimierung.

- ohne die Begegnung mit den anderen Pilgern wäre diese Geschichte sehr langweilig geworden. Danke, dass ich Euch kennenlernen durfte und ihr meinen Weg zu einem wunderschönen Erlebnis habt werden lassen:

Alberto, Alexandre, Andrea, Andrea, Anna, Annette, Antonio, Christian, Cristina, Daniel, Dulce, Dustin, Emanuele, Felix, Gaby, Hernan, James, Javier, Joanne, Marcel, Maria, Maria, Markus, Rafael, Regina, Sarah, Thomas, Tünde, Walter und den Pilgern aus Argentinien, Brasilien, Deutschland, England, Frankreich, Italien, Kanada, Korea, Lichtenstein, Niederlande, Norwegen, Österreich, Polen, Portugal, Slowakei, Spanien und USA, deren Namen ich leider nicht aufgeschrieben hatte.

25

The Best of / Outtakes

Sellos

Fecha 17·8·17

ALBERGUE CABO DA VILA FINISTERRE
www.alberguecabodavila.com
607 735 474
23/08/17

ACOGIDA CRISTIANA EN EL CAMINO
MISIONERAS REDENTORISTAS · ASTORGA

PEREGRINORUM AEDIBUS SAMONENSIS SIGILLUM
TOREIRO
11/08/17

Fecha BURGOS 22.07
Hijas de la Caridad
RABE DE LAS CALZADAS
(BURGOS)
Fecha: 31-07-2017

PARROQUIA · PUELLOS · SAN JUAN ·

Hier schaut die Nonne nachts nach dem Rechten ;-)

... scheint ein Ableger des Paradieses zu sein

wunderschöne Herberge mit einem „alten" Pilgerflair

Der Stempel lügt nicht - ich hatte eine herrliche Aussicht auf den Sonnenuntergang

Ein paar Fakten

Ich habe mir keine Blasen gelaufen

579,58 Kilometer habe ich zurückgelegt

in 135 Stunden und 59 Minuten - das wären 5 Tage und 16 Stunden durchlaufen

70 Liter Wasser habe ich alleine beim Laufen getrunken

951.730 Schritte sind es gewesen vom Aufstehen am Abreisetag bis zum Schlafengehen beim Nachhausekommen

301.036 Pilger kamen 2017 an, davon allein 57.680 im August

die längste Strecke war mit 38,04 Kilometern Samos-Portomarín

die kürzeste Strecke mit 5,98 Kilometern Monto do Gozo - Kathedrale von Santiago de Compostela

Bildernachweis

Anja Dupré: 1, 8-16(oben), alle Stempel 17ff, 17, 18, 26, 27(oben), 28, 34, 35(unten), 37-39, 42, 44, 49, 51, 56, 57, 61, 64, 67, 72(Mitte), 79-91, 92-94(1+3,4), 96-98, 100, 101 (1+2), 104, 106, 107, 113, 119-120, 123, 126, 127, 129, 131, 136, 137(unten), 139, 140 (oben), 141, 149, 150 (unten), 151, 152, 157, 160, 163, 164, 168, 170, 171, 176, 178, 181, 184, 186-187, 192, 198-199, 201(oben), 202(oben), 207, 209(oben), 212, 217, 224-227, 230, 231, 236-246, 258, 259, 262

Rafael Cazorla: Umschlagfoto, 24, 27(unten), 32, 63, 65, 70, 72(unten), 73, 101(unten), 113, 116, 134, 150 (oben), 155, 189, 197, 201(unten), 202(unten), 205, 209(unten), 218, 220, 252, 259 (Mitte links)

Michael Kenkel: 16(unten), 20, 35(oben), 76, 84, 92(2), 108, 137(oben), 140(unten), 146, 204, 215

Christian Lenz: 48, 53, 72(oben), 77

1200pilgrims: 78

Pixabay: die Muschel 18(unten)ff, 36